1. Kapitel

10. Oktober, nachmittags halb zwei im Bayerischen Wald

„Jetzt komm schon du lahme Ente!“, ruft Sebastian mir zu.

Warum nochmal habe ich eingewilligt, mit ihm am Samstag wandern zu gehen?

Ich hätte mir doch denken können, dass seine Kondition die meine um ein Vielfaches schlägt. Während ich nach Atem ringe und mich bei jedem Schritt nach oben anhöre, als würde ich ein Sauerstoffzelt benötigen, steht er etwa hundert Meter vor mir und wirkt, als hätte er gerade erst eine ausgiebige Pause gemacht.

Das ist eigentlich das wirklich Ungerechte bei Wanderungen mit fitteren Personen. Während sie auf dich warten, können sie bereits neue Kräfte sammeln, um dann sofort wieder loszulaufen, wenn man bei ihnen schnaufend ankommt.

„Wenn ich gewusst hätte, was bei dir eine kurze Wanderung bedeutet, wäre ich niemals mitgekommen“, keuche ich, als ich endlich bei ihm ankomme.

Er schmunzelt und setzt sich wieder in Bewegung. Ich hingegen nehme meinen Rucksack ab und stelle ihn auf den Boden. Anschließend setze ich mich auf den großen Stein, der neben dem Weg liegt und seufze laut.

„Ich brauche eine Pause.“

Er kann ja gerne seinen Weg fortführen, ich bleibe erst mal hier sitzen und gehe keinen Schritt mehr, bevor sich meine Atmung wieder normalisiert hat. Ich nehme einen Schluck aus meiner Wasserflasche, als Sebastian mein Zurückbleiben bemerkt und wieder umdreht.

„Wenn wir ständig eine Pause machen, kommen wir nie am Gipfel an.“

Er setzt sich auf den Stein neben mich und sieht mich tadelnd an. Ich rolle mit den Augen und öffne meinen Rucksack. Mein Magen knurrt, denn das späte Frühstück ist längst verdaut. Daher hole ich meine Brotzeitbox aus dem Rucksack, die ich heute nach dem Frühstück selbst gefüllt habe.

Meine Mama war zu dieser Zeit schon mit der Oma unterwegs in die Stadt und ich musste selbst für meine Marschverpflegung sorgen. Auch wenn meine Kochkünste nicht die Besten sind. Für ein paar belegte Brote reicht es allemal.

Als ich den Deckel öffne, lehnt Sebastian sich etwas zurück, um einen Blick in meine Box werfen zu können. Natürlich ist er scharf auf meine Brotzeit und da ich ihn schon lange genug kenne und damit gerechnet habe, ist die Box gut gefüllt.

Mit einem tadelnden Blick halte ich ihm die Dose vor die Nase. Seine Mundwinkel heben sich zu einem breiten Grinsen, als er sich ein Brot daraus entnimmt. Genüsslich beißt er hinein.

„Deine Mama macht echt die besten belegten Brote“, seufzt er.

Ich schmunzle, als ich mich ebenfalls aus meiner Box bediene.

„Ja das stimmt, aber die hier sind von mir“, sage ich mit einer Genugtuung, bevor ich abbeiße.

Überrascht sieht er mich an, bevor er nachdenklich nickt.

„Das erklärt warum die Butter fehlt.“

Ich rolle mit den Augen und schüttle den Kopf. Der Kerl ist einfach unglaublich und für einen Moment bin ich versucht ihm das Brot einfach wieder wegzunehmen. Als könnte er meine Gedanken lesen, hält er es weiter von mir entfernt und schmunzelt amüsiert.

„Die fehlt, um Kalorien zu sparen.“

„Wenn wir schnellen Schrittes den Berg hinaufsteigen würden, dann wäre ohne Reue auch Butter okay“, entgegnet er herausfordernd.

„Da verzichte ich lieber auf die Butter, bevor ich mich von dir antreiben lasse.“

„Faule Nuss“, schmunzelt er und grinst frech.

Ich kicke mit meinen Ellbogen gegen seinen Oberarm.

„Hey, keine Beleidigungen!“, fordere ich entrüstet.

Als wir meine Box geleert haben und ich sie wieder in meinen Rucksack packe, holt Sebastian etwas aus seinem. Es handelt sich um eine Packung von meinen Lieblingskeksen. Er reißt sie auf und hält sie mir vor die Nase.

Zugegeben, da hätte ich auch gleich Butter auf die Brote schmieren können, denn diese Kekse haben einen weitaus höheren Kaloriengehalt, als es ein Stück Butter hätte. Dennoch greife ich zu, weil die Teile einfach zu köstlich schmecken.

Sebastian verkneift sich einen Kommentar dazu, was auch gesünder für ihn ist. Ein weiterer blöder Spruch und ich reiße ihm den Kopf ab. Das scheint er auch zu ahnen, was bedeutet, dass er eine gute Einschätzung der Situation hat oder er mich einfach gut genug kennt.

Bis zu einem bestimmten Punkt lasse ich ihm seine Sticheleien durchgehen, doch alles hat seine Grenzen. Überraschenderweise hat Sebastian dafür allerdings ein wirklich gutes Feingefühl. Er weiß genau wie weit er gehen kann, bevor seine spitzen Bemerkungen in tatsächliche Beleidigungen umschlagen würden.

Bin ich gerade im Begriff positive Aspekte an diesem Kerl zu suchen?

Die Anstrengung muss mein Gehirn mächtig strapaziert haben!

„So jetzt aber genug mit der Pause. Los, rauf auf den Berg!“, ruft er nachdem wir die halbe Packung Kekse aufgefuttert haben und ich pappsatt bin.

„Muss es denn wirklich bis ganz nach oben sein?“, frage ich stöhnend.

Ich bin schon jetzt hundemüde und erschöpft, was mir beweist, dass ich mich zukünftig wieder etwas mehr sportlich betätigen sollte. Das würde nicht nur meiner Figur guttun, sondern auch meiner Kondition.

Außerdem muss ich zugeben, dass die Aussicht hier oben einfach traumhaft ist. Wenn wir noch ein Stück höher gehen, wird diese vermutlich noch besser.

„Da oben gibt es eine Hütte, da kann man sehr gut essen“, verspricht er.

In Anbetracht dessen, dass ich gerade gut gesättigt bin, lockt mich diese Aussage allerdings nur bedingt.

„Ich lade dich auch ein“, setzt er nach.

Dieses Angebot kann ich allerdings nicht ausschlagen. Daher rapple ich mich auf und hieve meinen Rucksack wieder auf den Rücken. Anschließend setzen wir unseren beschwerlichen Weg fort. Je weiter wir uns dem Gipfel nähern, desto anstrengender wird der Anstieg.

Allerdings ist auch die Aussicht mit jedem Höhenmeter beeindruckender. Die Sonne lacht und es ist ein wundervoller Herbsttag. Nur ein paar vereinzelte Wolken bedecken den Himmel. Obwohl ich die Anstrengung in meinen Beinen spüre und meine Atmung nicht mehr ganz so von Leichtigkeit geprägt ist, ziehe ich die frische Luft tief in meine Lunge.

Sebastian bleibt immer wieder stehen, ohne mir dabei einen frechen Spruch reinzudrücken. Offensichtlich genießt er dabei die Aussicht oder er ist mittlerweile selbst etwas erschöpft. Vermutlich nimmt er auch einfach nur auf mich Rücksicht und möchte mich nicht völlig ausschinden.

„Sollen wir nochmal eine längere Pause einlegen?“

Ich kann den Gipfel bereits sehen und nun ist mein Ehrgeiz geweckt. Vermutlich erscheint der Weg kürzer, als er wirklich ist und vor uns liegt ein beschwerlicher Aufstieg über Steine und Wurzeln. Dennoch möchte ich endlich oben ankommen, denn das Ziel ist zum Greifen nah. Daher schüttle ich den Kopf.

„Nein, es geht schon. Das Stück schaffe ich auch noch.“

Offensichtlich erfreut über meine Aussage lächelt Sebastian und nickt zustimmend, bevor er seinen Weg fortführt. Mit jedem Schritt nähern wir uns dem Ziel und als wir endlich ganz oben ankommen, werden wir für die ganzen Strapazen ausgiebig belohnt. Die Aussicht ist beeindruckend und meine schmerzenden Füße für einen Moment vergessen.

„Jetzt haben wir uns aber was Gescheites zu Essen verdient“, sagt Sebastian nach einer Weile und deutet mit seinem Kopf zu einer urigen Hütte, die nicht weit entfernt, etwas unterhalb des Gipfels steht. Eigentlich möchte ich die Aussicht noch etwas genießen, andererseits bin ich auch etwas Leckerem nicht abgeneigt.

In solchen Hütten gibt es oft leckeren Kaiserschmarrn oder Germknödel. Genau auf solch eine Köstlichkeit habe ich jetzt Lust. Außerdem hat die Hütte eine tolle Aussichtsterrasse, von der man bestimmt ebenfalls einen tollen Blick hat.

„Du hast vor lauter Anstrengung beim Aufstieg nicht vergessen, dass du die Rechnung bezahlst oder?“, frage ich auf dem Weg zur Hütte.

„Echt, habe ich das etwa gesagt?“, entgegnet er mit gespielter Überraschung.

Kopfschüttelnd schmunzle ich. Dieser Kerl ist wirklich unverbesserlich.

2. Kapitel

12. Oktober, morgens halb neun in Passau

„Da bist du ja endlich“, begrüßt Sebastian mich und springt von seinem Stuhl auf, als ich das Büro betrete. „Du brauchst deine Jacke gar nicht ausziehen, wir müssen sofort los.“

Meine Beine schmerzen, denn seit Sonntag habe ich elendigen Muskelkater, was ich gegenüber Sebastian natürlich nicht zugebe. Bei jedem Schritt merke ich einen stechenden Schmerz.

„Wo müssen wir denn hin?“, frage ich nach, denn eigentlich habe ich mich auf einen ruhigen Bürotag in meinem Schreibtischsessel gefreut.

Im Laufschritt folge ich Sebastian nach draußen zum Auto, wobei ich jeden einzelnen Schritt in meinen Waden deutlich spüre.

„In einer Odelgrube wurde ein aufgespannter Regenschirm entdeckt, der dort auf der Oberfläche geschwommen ist. Er gehörte der Freundin des Bauerssohns, die seit gestern Abend nicht mehr erreichbar war.“

„Oh nein, bitte sag nicht, dass sie in der Odelgrube gefunden wurde!“

Er zuckt mit den Schultern.

„Leider ja.“

Während ich auf meinen roten Mini zusteuere, geht Sebastian zu seinem schwarzen Kombi. Ich rolle mit den Augen. Ob wir irgendwann eine Einigung bezüglich unserer gemeinsamen Fortbewegung finden?

Da es mir Spritkosten spart und er die Adresse unseres neuen Falls hat, gebe ich nach und setze mich auf die Beifahrerseite seines Autos.

„Langsam gewöhne ich mich daran, einen Chauffeur zu haben“, sage ich amüsiert.

Sebastian reagiert nicht auf meine kleine Stichelei. Er ist einfach nur glücklich, wenn er sein geliebtes Auto fahren kann. Als sein Handy klingelt, erscheint auf dem Bordcomputer des Autos der Name Regina. Er wirft mir einen Seitenblick zu und zögert kurz, bevor er das Gespräch schließlich annimmt.

Ich bin mir sicher, dass er kurz davor war seine neue Flamme wegzudrücken. Doch vermutlich hätte Regina ihm das nicht so leicht verziehen.

„Hallo, was gibt´s?“, fragt er sie.

Eine freundliche Frauenstimme, die mir nicht bekannt ist, antwortet ihm.

„Hi Schatz, ich wollte nur fragen, wann du heute Abend kommst. Ich wollte doch für uns kochen.“

„Ja, weißt du … ich arbeite an einem neuen Fall und kann noch überhaupt nicht sagen, wann ich heute Abend fertig werde.“

Er windet sich regelrecht und ich kenne ihn lange genug, um zu wissen, dass er die arme Regina abschießen möchte. Ich werfe ihm einen tadelnden Blick zu, welchen er geflissentlich ignoriert.

„Okay, dann kommst du einfach vorbei, wenn du fertig bist."

Sie lässt nicht locker, was Sebastian offensichtlich gar nicht gefällt. Seine Miene spricht Bände und ich kann mir nur schwer meine Belustigung verkneifen.

„Vielleicht sollten wir es einfach auf morgen oder noch besser das Wochenende verschieben", entgegnet er.

„Nein, so lange halte ich das nicht aus. Ich habe solche Sehnsucht nach dir."

Ich schlage mir die Hand vor den Mund, um mein Lachen zu dämpfen. Sebastian sieht mich mit verengten Augen grimmig an, während er offensichtlich nach einer Ausrede sucht.

„Ich melde mich bei dir, sobald ich weiß, wann ich absehen kann wie lange ich arbeiten muss."

„Aber versetz mich nicht wieder! Wir haben uns schon das ganze Wochenende nicht gesehen, weil du keine Zeit hattest", entgegnet sie ihm vorwurfsvoll.

„Ich muss jetzt leider auflegen, weil die Arbeit ruft. Bis später!"

Er würgt sie regelrecht ab und wartet auch nicht, bis sie auf seine Verabschiedung reagieren kann.

„Das war ja nicht sehr charmant von dir", sage ich vorwurfsvoll.

Er stößt seufzend den Atem aus.

„Sie ist verdammt anhänglich. Eine richtige Klette“, murmelt er genervt.

„Wie lange seid ihr denn schon zusammen. Du hast noch gar nichts von ihr erzählt?“, frage ich amüsiert.

„Wir sind nicht zusammen“, entgegnet er motzig.

„Sie nennt dich Schatz.“

„Ich weiß“, brummt er nicht gerade erfreut.

Als wir am Tatort ankommen, wirkt Sebastian erleichtert. Immerhin muss er so nicht mehr länger auf meine Fragen antworten. Dabei hätte ich so gerne noch mehr über diese Regina erfahren. Sie scheint ihn sehr ins Herz geschlossen zu haben.

Wir befinden uns in einem kleinen Dorf nahe der österreichischen Grenze, das gerade noch zu unserem Aufgabengebiet gehört. Manuela ist schon vor Ort und untersucht die Leiche. Dabei handelt es sich um eine junge Frau Anfang zwanzig. Sie trägt Jeans, Sweatshirt und noch einen Turnschuh.

Der penetrante Geruch ist ekelerregend und ich halte mir die Hand vor Mund und Nase, um ihm zumindest ein bisschen zu entgehen.

„Der Todeszeitpunkt war zwischen zweiundzwanzig und vierundzwanzig Uhr gestern Abend“, informiert uns Manuela.

„Ist sie in der Brühe ertrunken?“, frage ich angewidert.

„Nein, sie ist erstickt. Die Odelgrube ist nur etwa zur Hälfte gefüllt, daher haben sich darüber giftige

Gase gebildet, an denen die Frau letztendlich erstickt ist."

„Dann wurde sie umgebracht?", hakt Sebastian nach.

„Das lässt sich nicht mit Sicherheit sagen. Entweder sie wurde da runter gestoßen oder es war ein Unfall und sie ist in der Dunkelheit aus Versehen reingefallen", antwortet Manuela.

„Okay, wir sehen uns mal um", sage ich zu Manuela.

Die Kollegen der Spurensicherung untersuchen gerade den gelben Regenschirm, der den Hinweis auf die Leiche gegeben hat. Auch an ihm klebt der eklige Geruch der Odelgrube. Gegen das hier war die Misthaufensache beinahe wohlriechend.

„Was wissen wir über das Opfer?", frage ich eine Kollegin, die alle Informationen aufgenommen hat.

„Lisa Kramer, zweiundzwanzig Jahre alt und die Freundin von Jonas Saller. Seinem Vater gehört dieser Bauernhof", antwortet sie.

„Habt ihr diesen Jonas schon befragt?", hakt Sebastian nach.

„Der Kerl ist fix und fertig. Wir haben eine Psychologin angefordert, die sich erst einmal um ihn kümmert", entgegnet sie mitleidig.

„Sind sie im Haus?", frage ich.

Sie nickt zustimmend und ich wechsle mit Sebastian einen Blick. Wir sollten die Befragung nicht aufschieben, denn am meisten erfährt man kurz nach der Tat. Schockzustände sind manchmal sogar hilfreich und man erfährt Informationen, die einem sonst vielleicht vorenthalten blieben.

3. Kapitel

12. Oktober, vormittags halb zehn in der Nähe der österreichischen Grenze

„Herr Saller, fühlen Sie sich dazu in der Lage uns ein paar Fragen zu beantworten?“, frage ich ihn, als wir in der Küche ankommen.

Die Psychologin ist bei ihm und lächelt mir aufmunternd zu. Offensichtlich hat sie ihn soweit stabilisiert, dass wir mit ihm sprechen können. Er wirkt entsetzlich niedergeschlagen und ist vom Tod seiner Freundin unendlich schockiert.

Er nickt schluchzend, bevor er sich mit einem Papiertaschentuch die Nase lautstark putzt. Der Mann ist Anfang zwanzig und scheint das Opfer wirklich geliebt zu haben. Ich nehme ihm seine Trauer voll und ganz ab, denn er wirkt wirklich verzweifelt.

„Lisa war Ihre Freundin?“

Erneut nickt er bei meiner Frage und wischt sich die Tränen von den Wangen.

„War sie gestern Abend bei Ihnen zu Besuch?“, hakt Sebastian weiter nach.

„Sie hatte ein Treffen mit ihrer Freundin und wollte anschließend zu mir kommen. Als sie nicht auftauchte, habe ich versucht, sie übers Handy zu erreichen. Sie reagierte allerdings nicht auf meine

Anrufe. Daher dachte ich, sie hätte zu viel getrunken und wollte bei ihrer Freundin übernachten."

„Mitten unter der Woche?", frage ich nach.

„Sie hat sich für heute Urlaub genommen, daher habe ich mir dabei nichts weiter gedacht. Wenn ich gewusst hätte …"

Er schluchzt erneut und schüttelt dabei verzweifelt den Kopf.

„Können Sie uns die Namen der Freundin sagen?"

„Sabine Schlosser, sie ist … war Lisas beste Freundin. Allerdings weiß ich nicht, ob noch jemand dabei war."

„Das ist schon okay. Wir werden Frau Schlosser fragen."

„Also haben Sie nicht mitbekommen, dass sie hier angekommen ist?", fragt Sebastian.

„Nein, das habe ich nicht."

Der junge Mann wirkt verdammt verzweifelt und er tut mir schrecklich leid. Ich glaube ihm, was er gesagt hat. Auch die Fragen nach möglichen Feinden verneint er und da die beiden schon über ein Jahr zusammen sind, würde er sicherlich etwas wissen, wenn Lisa Streit oder Probleme mit jemanden gehabt hätte.

Wir verabschieden uns von dem jungen Mann und befragen noch kurz die Eltern. Leider haben auch sie nichts mitbekommen. Sie haben angegeben zu dieser Zeit bereits geschlafen zu haben. Da Landwirte meist früh aufstehen müssen, ist das nicht weiter verwunderlich. Meine Eltern gehen auch spätestens um zweiundzwanzig Uhr ins Bett.

Während die Spurensicherung ihren Job erledigt, fahren wir zu Lisas Freundin, um sie zu befragen. Vermutlich war sie die Letzte, die sie lebend gesehen hat.

Da wir Frau Schlosser zu Hause nicht antreffen, fahren wir zu ihrer Arbeitsstelle. Sie ist Bankangestellte und als wir dort ankommen, hat sie gerade eine Kundin am Schalter. Wir warten kurz, bis das Gespräch beendet ist.

„Frau Schlosser, wir sind von der Kriminalpolizei Passau und müssten kurz mit Ihnen reden“, stellt Sebastian uns vor.

Überrascht schnellen ihre Augenbrauen in die Höhe.

„Folgen Sie mir in den Besprechungsraum, da können wir uns ungestört unterhalten.“

Dort angekommen setzt sie sich an den großen Tisch, wobei Sebastian und ich ihr gegenüber Platz nehmen. Offensichtlich hat sie noch keine Ahnung vom Tod ihrer besten Freundin und nun ist es an uns, ihr die schlechte Nachricht schonend beizubringen.

„Lisa Kramer ist Ihre Freundin oder?“, frage ich sie.

„Ja, wieso was ist mit ihr?“, fragt sie sichtlich besorgt. „Hat sie was angestellt?“

Ich schüttle mitleidig meinen Kopf.

„Sie ist tot“, eröffnet ihr Sebastian wenig einfühlsam.

„Was, das ist doch nicht möglich. Wir waren gestern Abend noch zusammen“, entgegnet sie entsetzt.

„Ja, es tut uns leid, aber wir werden alles tun, um ihren Tod aufzuklären“, verspreche ich ihr.

„Was ist denn passiert?“, fragt sie, während sie mit den Tränen kämpft.

„Wir haben sie auf dem Hof ihres Freundes gefunden.“

„Hat etwa Jonas etwas damit zu tun?“

„Nein, das glauben wir nicht“, antworte ich ihr.

„Aber sie wurde umgebracht?“, hakt sie weiter nach.

„Das versuchen wir rauszufinden.“

„Oh mein Gott“, ruft sie entsetzt und vergräbt ihr Gesicht in ihren Händen.

„Wissen Sie wie Lisa nach Ihrem Treffen zu Herrn Saller gekommen ist?“, fragt Sebastian.

Er ist ungeduldig und besitzt nur wenig Einfühlungsvermögen.

„Ich habe sie dorthin gefahren.“

„Haben Sie gesehen, wie sie ins Haus gegangen ist?“

„Nein, ich habe sie lediglich an der Einfahrt aussteigen lassen. Da es geregnet hat, wollte ich sie ja bis vor die Haustür fahren, aber Lisa meinte, das wäre nicht nötig. Sie wollte Jonas überraschen, daher sollte er sie nicht hören."

„Hatte Ihre Freundin einen gelben Regenschirm dabei?", fragt Sebastian interessiert.

„Ja", stimmt sie zu. „Mein Gott, hätte ich doch nur gewartet bis sie im Haus gewesen wäre."

„Bevor Sie weggefahren sind, haben Sie da noch irgendjemanden gesehen, außer Ihre Freundin Lisa?"

Bei meiner Frage schüttelt sie verzweifelt den Kopf.

„Nein, es war dunkel und ich habe ja nur auf der Straße angehalten, um sie aussteigen zu lassen. Aber da war niemand."

„Wie ist sie denn gestorben?"

„Sie ist in die Odelgrube gefallen und dort erstickt."

„Dann wurde sie ganz sicher reingestoßen. Sie weiß schließlich wo die Odelgrube sich befindet. Außerdem liegt die ja gar nicht direkt auf dem Weg von der Straße zum Haus."

„Hatte Lisa denn Feinde oder Streit mit jemandem?", fragt Sebastian weiter nach.

„Nein eigentlich nicht. Einzig ihr Ex-Freund Samuel Pirrer hat es ihr damals sehr übelgenommen, dass sie wegen Jonas mit ihm Schluss gemacht hat. Aber das ist jetzt über ein Jahr her. Außerdem denke ich nicht, dass er Lisa dafür gleich umgebracht hätte."

Wir verabschieden uns von der Freundin und verlassen die Bank. Eine Kollegin kümmert sich um die junge Frau, die völlig mit den Nerven am Ende ist. Ich verstehe sie, denn wäre meine Freundin unter solchen Umständen ums Leben gekommen, würde ich mir vermutlich auch eine Mitschuld geben. Wenn sie Lisa bis vors Haus gefahren hätte, wäre das womöglich gar nicht passiert.

„Vielleicht war es ja ein Unfall."

Bei meinen Worten schüttelt Sebastian den Kopf.

„Nein, Lisa ist da sicherlich nicht aus Versehen reingefallen, das hat doch ihre Freundin ziemlich überzeugend gesagt."

„Ich wollte damit sagen, dass sie vielleicht mit jemandem gestritten hat und es zum Handgemenge kam. Vielleicht war es gar keine Absicht sie in die Odelgrube zu stoßen."

„Selbst wenn, hätte derjenige zumindest mutwillig in Kauf genommen, dass die junge Frau stirbt. Jeder weiß doch, dass sich da unten giftige Gase bilden, die einen umbringen."

Wohl oder übel muss ich Sebastian zustimmen. Ich bin auch davon überzeugt, dass jemand bei ihrem Sturz nachgeholfen hat, auch wenn wir noch nicht wissen, ob es wirklich Mord war.

4. Kapitel

12. Oktober, mittags halb zwölf in Oberhunding

„Danke für die Einladung zum Mittagessen“, sagt Sebastian, als wir in den Hof meiner Eltern einbiegen.

„Dank nicht mir. Das war der Mama ihre Idee.“

„Ja, das dachte ich mir schon“, schmunzelt er.

Als wir die Küche betreten ist bis auf meine Mama noch niemand meiner Familie da. Sebastian legt seine Jacke auf dem Kanapee ab, bevor er die Ärmel seines Hemdes hochkrempelt.

„Kann ich dir behilflich sein?“, fragt er meine Mama und wirft einen Blick in die Töpfe. „Mhm Fleischpflanzerl mit Kartoffelbrei.“

Es ist nicht zu übersehen, wie ihm der Sabber regelrecht im Mund zusammenläuft. Ich habe es längst aufgegeben meine Mama davon abzuhalten Sebastian in den Kreis der Familie aufzunehmen. Mittlerweile hat sogar der Rest meiner Familie Gefallen an Sebastians regelmäßigen Besuchen gefunden.

Er spielt regelmäßig mit Michi, Papa und der Oma Karten und sitzt für meinen Geschmack zu oft an unserem Esstisch. Meine Einwände wurden dezent überhört und mittlerweile habe ich mich mit seiner Anwesenheit sogar schon abgefunden. Wir streiten wie ein altes Ehepaar und daran wird sich auch nichts ändern.

Dennoch muss ich zugeben, dass ich mich mittlerweile sogar an ihn gewöhnt habe. Seine spitzen Bemerkungen gehören schon mit dazu und wahrscheinlich würden sie mir sogar fehlen, wenn er sie unterlassen würde.

„Servus Sebastian“, begrüßt ihn mein Papa und der Michi, als sie die Küche betreten.

Michi klopft ihm dabei noch freundschaftlich auf die Schulter.

„Geh Franzi, schau mal nach, wo die Oma wieder bleibt!“, fordert die Mama mich auf.

Ich drehe mich um und mache mich auf die Suche nach meiner Oma. In ihrem Zimmer werde ich nicht fündig und auf mein Rufen durch das Haus reagiert sie auch nicht. Daher gehe ich nach draußen und suche dort im Stall nach ihr. Auch dort ist sie nicht auffindbar.

„Ooomaaa“, rufe ich laut, als ich mitten im Hof stehe.

„Ja, ja ich komm ja schon“, entgegnet sie schließlich, als sie hinter dem Hühnerstall hervorkommt.

Ich blinzle, als hinter ihr der Kramheller Siggi aus dem Schatten des Hühnerstalls tritt und sich mit einem Winken verabschiedet. Der Siggi ist unser Nachbar und etwa im Alter meiner Oma. Auch er ist

Witwer, wobei seine Frau erst vor etwa zwei Jahren gestorben ist.

Völlig perplex hebe ich meine Hand und erwidere sein Winken. Als die Oma bei mir ankommt, sehe ich sie mit großen Augen an. Sie schmunzelt und geht einfach an mir vorbei.

„Oma“, sage ich tadelnd und laufe hinter ihr her.

Sie reagiert nicht, sondern geht im Laufschritt auf die Haustür zu, während sie ihre zerzausten Haare glattstreicht.

„Was hattest du mit dem Kramheller Siggi hinter dem Hühnerstall zu suchen?“

„Nichts, wir haben nur geredet.“

Man braucht keinen Lügendetektor, um zu wissen, dass sie mich gerade anlügt. Das Grinsen in ihrem Gesicht ist deutlich und auch ihre geröteten Wangen lassen mich stark daran zweifeln, dass die beiden nur geredet haben.

Die wird doch nicht wirklich in ihrem Alter mit dem Nachbarn eine Affäre begonnen haben. Da stimmt ja das Sprichwort: Je oller desto doller!

„Hast du was mit dem?“, frage ich sie vorwurfsvoll.

„Erstens mein liebes Kind, geht dich das absolut nichts an und zweitens, selbst wenn, hättest du vielleicht was dagegen?“

Nun ist sie stehengeblieben, hat ihre Hände in die Hüften gestemmt und funkelt mich angriffslustig an. Ihre Frage verwirrt mich, denn eigentlich gibt es wirklich nichts, was dagegenspricht, dass sich meine Oma auf ihre alten Tage nochmal verliebt. Doch alleine die Vorstellung ist unglaublich. Damit hätte ich jetzt so gar nicht gerechnet.

„Wissen das die Mama und der Papa?“, frage ich ungläubig.

„Nein und das soll auch so bleiben. Also wirst du schön den Mund halten. Unsere Liebe ist noch ganz frisch.“

Oh mein Gott!

Hat sie gerade von Liebe gesprochen?

Das ist doch nicht zu glauben.

„Aber Oma!“, rufe ich aufgebracht. „In deinem Alter …“

Sie lässt mich den Satz gar nicht zu Ende sprechen, sondern bringt mich mit einer Handbewegung zum Schweigen.

„Es möchte schließlich nicht jede als ewige Jungfrau ins Gras beißen.“

Meine Augenbrauen ziehen sich zusammen und nun bin ich es, die ihre Hände in die Hüften stemmt.

„Ist das etwa eine Anspielung auf mich?“

„Sein wir mal ehrlich. Langsam würde es schon mal Zeit, dass sich einer auftut, der es mit dir aushält. Du wirst schließlich auch nicht jünger.“

„Also Oma, ich dachte immer du wärst auf meiner Seite.“

„Bin ich auch! Aber in Enthaltsamkeit zu leben ist auch nicht gerade erstrebenswert. Deine Mama ist schon am Verzweifeln, weil sie Angst hat keine Enkelkinder zu bekommen."

„Das weiß ich. Immerhin erinnert sie mich oft genug daran", erwidere ich genervt. „Aber dass du jetzt auch noch anfängst."

„Du bist diejenige, die angefangen hat. Misch du dich nicht in mein Liebesleben, dann mische ich mich nicht in deins", entgegnet sie mit zusammengekniffen Augen.

„Ja, wo bleibts ihr denn?", ruft die Mama plötzlich und unterbricht unsere Auseinandersetzung abrupt, als sie in der Haustür erscheint.

„Kein Wort zu niemandem!", flüstert die Oma mir verschwörerisch zu.

„Alles klar bei euch?", fragt die Mama stirnrunzelnd, als wir bei ihr ankommen.

„Freile, alles bestens", entgegnet ihr die Oma, während ich nur nickend zustimme.

„Die Oma war nur auf Eiersuche", witzle ich und ernte dafür von meiner Oma einen warnenden Blick.

„Warum denn das?", fragt die Mama stirnrunzelnd. „Du weißt doch, dass ich heute die Eier schon abgenommen habe."

„Eine alte Frau wie ich kann das schon mal vergessen", antwortet sie schulterzuckend und verschwindet im Haus.

Ich verkneife mir ein Lachen und presse die Lippen fest aufeinander, während die Mama mich mit zusammengekniffenen Augen mustert. Sie ist wie ein

Spürhund, der sofort bemerkt, wenn etwas faul ist. Vor allem, wenn man versucht vor ihr etwas geheim zu halten.

Daher folge ich schnellen Schrittes der Oma in die Küche und setze mich zwischen sie und Sebastian an den Küchentisch. Die drei Männer haben ihre Teller bereits mit Fleischpflanzerl und Kartoffelbrei vollgeladen und nun schaufelt sich auch die Oma ausgiebig den Teller voll.

Offensichtlich macht so eine frische Liebesbeziehung hungrig. Bei mir braucht es dafür nicht mal eine Liebesbeziehung. Genügend Hunger habe ich auch ohne. Vielmehr ist es in meinem Fall wohl eher das Frustessen, weil ich keine Liebesbeziehung habe.

Ich werfe einen Seitenblick auf meine Oma und stelle fest, dass ich tatsächlich neidisch auf sie bin. In ihrem Alter hat sie tatsächlich ein erfüllteres Liebesleben als ich. Gut, Details möchte ich mir da jetzt lieber nicht vorstellen; aber die Situation an sich ist schon zum Verzweifeln.

Warum schafft sie es sich einen Mann zu angeln, der sie offensichtlich glücklich macht und ich gerate immer nur an irgendwelche Vollidioten?

5. Kapitel

13. Oktober, morgens halb neun in Passau

„Was war eigentlich gestern los?“, fragt Sebastian mich auf dem Weg in die Gerichtsmedizin.

„Was meinst du?“

„Na, als du mit deiner Oma zurückkamst, sahst du aus, als hättest du ein Gespenst gesehen.“

Eins muss man Sebastian ja lassen; scharfsinnig ist er.

Kurz überlege ich, ob ich es ihm sagen soll. Eigentlich hat meine Oma ja gesagt, ich muss es für mich behalten, damit der Rest der Familie nichts von ihrem kleinen Tete-a-Tete mitbekommt. Doch da Sebastian ja nicht zur Familie gehört und er sehr verschwiegen ist, wenn man ihn darum bittet, entschließe ich mich ihn einzuweihen.

Außerdem muss ich es endlich jemanden erzählen, denn die Neuigkeit brennt mir regelrecht auf der Zunge. Auch wenn ich mich regelmäßig mit Sebastian zanke, vertraue ich ihm genug, um davon auszugehen, dass er das Geheimnis meiner Oma wahren kann.

„Du musst mir versprechen, dass du es keiner Menschenseele erzählst!“

Bei meiner Forderung werden seine Augen groß vor Neugierde und er strahlt mich schmunzelnd an.

„Du hast mein Wort“, stimmt er hektisch nickend zu und bleibt stehen.

Ich sehe mich um, als ginge es hier um ein Staatsgeheimnis, das keine Zuhörer haben darf. Gewissermaßen ist es ja sowas Ähnliches, immerhin geht es hier um meine Oma.

„Ich habe meine Oma quasi in flagranti mit dem Nachbarn hinterm Hühnerstall erwischt“, flüstere ich ihm zu.

Sein Kinn klappt nach unten und er sieht mich mit geweiteten Augen ungläubig an. Ob ich auch so ausgesehen habe, als mir klar wurde, was meine Oma da hinter dem Hühnerstall getrieben hat.

„Du meinst so richtig?“

Ich runzle die Stirn, denn es dauert einen kurzen Moment bis mir klar wird, was er meint. Angewidert schüttle ich den Kopf.

„Nein, nicht so wie du denkst“, entgegne ich. „Als ich sie gesucht habe, kam sie hinter dem Hühnerstall hervor, gefolgt vom Kramheller Siggi.“

Sebastian zieht seine rechte Augenbraue nachdenklich in die Stirn.

„Und woher willst du dann wissen, dass die beiden zusammen … na du weißt schon?“

„Ich habe es ihr angesehen und als ich sie darauf angesprochen habe, ist sie zuerst pampig geworden, hat es dann aber schließlich zugegeben.“

Er hält sich seine Faust vor den Mund und unterdrückt eindeutig ein Lachen, was ihm nur mäßig gelingt.

„Was ist daran bitteschön so lustig?“, frage ich vorwurfsvoll.

„Na ja, es ist doch cool, dass deine Oma es nochmal krachen lässt.“

Ich überdrehe die Augen und schüttle den Kopf.

„Ja, das finde ich ja auch. Aber warum macht sie so ein Geheimnis daraus. Sie könnte ihn doch offiziell vorstellen.“

„Vielleicht ist das gerade der besondere Kick. Und mal ganz ehrlich, wenn du schon so entsetzt reagiert hast, wie würde wohl der Rest deiner Familie reagieren?“

Okay, da ist was dran. Sicherlich wären meine Eltern zuerst einmal vor den Kopf gestoßen, denn damit rechnet ganz sicher keiner von den beiden. Michi würde seine blöden Sprüche ablassen, aber letztendlich würden es ihr alle gönnen und sicherlich auch akzeptieren. Es würde vielleicht etwas dauern, aber dann müssten sie sich nicht mehr hinter dem Hühnerstall verstecken.

„Ich kann es nicht leiden, hinter dem Rücken meiner Familie ein Geheimnis zu haben.“

„Gib ihr etwas Zeit, dann wird sie sicherlich klar Schiff machen. Vielleicht ist die Beziehung ja noch ganz frisch und sie möchten es noch nicht offiziell machen.“

Bei Sebastians Worten nicke ich. Das ist einleuchtend. Ich werde bei Gelegenheit nochmal mit ihr darüber reden und ihr klarmachen, dass sie kein Geheimnis daraus machen muss, weil es sicher alle verstehen werden. Im Nachhinein war meine Reaktion verdammt dämlich. Ich hätte wirklich nicht so entsetzt reagieren sollen.

„Vermutlich hast du recht“, stimme ich ihm seufzend zu.

„Oh mein Gott!“, ruft er mit weit aufgerissenen Augen.

„Was?“, frage ich verwundert.

„Es ist ein Wunder geschehen.“

Ich runzle die Stirn. Ist er jetzt etwa verrückt geworden?

Er breitet seine Arme aus, als wäre er ein Pfarrer, der auf eine Gotteseingebung wartet. Als er mich ansieht, verziehen sich seine Mundwinkel zu einem Grinsen.

„Was soll das?“

Nun ist meine Stimmung umgeschlagen, denn ich bin mir ziemlich sicher, dass nun einer seiner blöden Sprüche ansteht.

„Na, du hast zugegeben, dass ich richtig liege. Das kommt einem Wunder gleich.“

„Mei Greiner, du bist echt nervig.“

Kopfschüttelnd gehe ich weiter, dabei ignoriere ich sein belustigtes Lachen und verkneife mir eine weitere Reaktion darauf.

Manuela erwartet uns bereits und das Opfer liegt auf dem Seziertisch. Die arme Frau war noch so jung und hatte ihr ganzes Leben noch vor sich. Wenn es ein Unfall war, dann ist es ein schreckliches Schicksal, doch wenn jemand sie absichtlich getötet hat, werden wir denjenigen finden und zur Verantwortung ziehen.

„Was hast du für uns?“, frage ich Manuela.

„Sie hat definitiv noch gelebt, als sie in die Odelgrube gefallen ist.“

„Hast du Hinweise auf einen Mord oder Unfall gefunden?“, möchte Sebastian wissen.

„Das Opfer hatte DNA-Spuren unter den Fingernägeln und Hämatome an den Oberarmen. So wie es aussieht, hat sie sich gegen den Angreifer gewehrt.“

„Also war es Mord“, murmle ich angespannt.

„Ich vermute ja. Für den DNA-Abgleich habe ich eine Probe bereits an die Kollegen weitergegeben.“

„Gut, vielleicht haben wir ja Glück und ihr Mörder ist in unserer Datenbank“, entgegne ich.

„Gibt es sonst noch etwas, das wir über das Opfer wissen sollten?“, fragt Sebastian nach.

„Sie hatte Alkohol im Blut.“

„Wie viel?“

„0,8 Promille.“

„Nicht gerade wenig“, murmelt Sebastian.

„Aber auch nicht so viel, dass sie aus Versehen in die Odelgrube gefallen wäre“, fahre ich fort.

Das alles verstärkt den Verdacht, dass Lisa tatsächlich mit Absicht in die Odelgrube gestoßen wurde. Doch wer hätte ein Interesse daran, eine junge unschuldige Frau vor dem Haus ihres Freundes umzubringen?

„Sieht also tatsächlich alles danach aus, als hätte jemand bei ihrem Sturz nachgeholfen“, vermutet Sebastian, während Manuela und ich zustimmend nicken.

6. Kapitel

13. Oktober, nachmittags halb zwei in Passau

„Es gab leider keinen Treffer bei der DNA“, sagt Sebastian, als ich aus der Mittagspause zurückkomme.

„Und die Spurensicherung? Gibt es da irgendwas Hilfreiches?“

„Es wurden Schuhabdrücke vor der Odelgrube gefunden, die auf zwei verschiedene Frauenschuhe hindeuten. Die einen passen zu den Schuhen des Opfers und die anderen werden gerade mit den Schuhen der Familie Saller abgeglichen.“

„Ich glaube nicht, dass wir da fündig werden. Jonas Mutter hatte keinen Grund sie umzubringen.“

„Aber vielleicht sein Vater“, entgegnet Sebastian mit zweifelnder Miene.

„In Frauenschuhen? Außerdem was hätte der für einen Grund?“, frage ich wenig überzeugt. „Jonas hat gesagt, seine Eltern wären mit seiner Beziehung zu Lisa einverstanden gewesen.“

„Vermutlich keinen, aber wir haben auch sonst keinen Hinweis, also bleibt uns nur eins übrig. Wir müssen die Schuhabdrücke mit den Schuhen aller auch nur ansatzweise Verdächtigen vergleichen.“

„Ich wette, da kommt nichts bei rum. Es muss noch etwas anderes geben“, entgegne ich stirnrunzelnd. „Konnten die Kollegen eigentlich das Handy der Toten finden?“

„Ja, ich habe soeben eine Nachricht bekommen. Die Odelgrube wurde ausgepumpt und am Boden wurde die Handtasche des Opfers gefunden. Das Handy wird gerade ausgelesen.“

„Vielleicht gibt uns ja ihre Anrufliste einen Hinweis auf den Täter.“

„Es wird aber noch dauern, bis diese ausgewertet ist“, antwortet Sebastian.

„Bis dahin werde ich mir mal ihre Emails ansehen. Die Liste habe ich schon auf dem Rechner.“

Ich klicke die Datei an und durchscrolle die Liste. Das meiste davon ist zu vernachlässigen. Die Emails zwischen dem Opfer und Jonas machen deutlich, dass die beiden bis über beide Ohren verliebt waren. Nichts darin deutet auf Eifersucht oder sonstigen Streit hin.

Nachdem ich alle Emails durchgelesen habe, lehne ich mich seufzend zurück und stoße den Atem aus. Meine Augen fühlen sich müde und trocken an. Kein Wunder, immerhin habe ich über drei Stunden auf den Bildschirm gestarrt.

„Nichts, was auch nur im Entferntesten auf einen Streit hinweist. Offensichtlich hatte Lisa keine Feinde.“

Sebastian hat den Nachmittag damit verbracht, Lisas Arbeitskollegen und ihren Chef abzutelefonieren, ohne großen Erfolg. Gerade beendet er das letzte Gespräch und seiner Miene entnehme ich, dass auch dieses nicht nach seinen Wünschen verlief.

„Von denen weiß auch keiner was. Sie loben Lisa alle in den höchsten Tönen und niemand weiß etwas von privaten Problemen. Wie es scheint, hatte Lisa ein perfektes Leben."

„Wir haben ein Opfer aber keinen Verdächtigen", murmle ich.

„Wir werden den Täter finden. Aber für heute machen wir Feierabend. Mal sehen, was wir morgen über ihre Handyverbindungen rausbekommen."

„Gute Idee!" Ich stehe auf und schlüpfe in meine Jacke. „Ich statte Maria noch einen Besuch ab."

„Wie geht's dem Baby?"

„Sehr gut. Milena wächst und gedeiht", entgegne ich.

„Du machst dich offensichtlich ganz gut als Patentante", schmunzelt er.

Ich recke mein Kinn und straffe die Schultern.

„Ja, ich verwöhne sie nach Strich und Faden", antworte ich stolz.

Das kleine Wesen ist wirklich zuckersüß und ich genieße die Zeit mit den beiden. Irgendwann möchte ich auch mal Mutter werden. Dafür fehlt mir nur leider noch der richtige Partner.

„Alle Frauen lieben Babys. Dabei werden eure Augen ganz glasig und die Gesichtszüge werden so weich, als würde man euch Schokolade vor die Nase halten."

„Und bei den meisten Männern lösen diese niedlichen Wesen einen Fluchtinstinkt aus", entgegne ich mit hochgezogener Augenbraue.

„Also ich liebe Kinder", entgegnet er mit einer Selbstsicherheit, die beinahe schon frech ist.

„Oh, weiß das auch Regina?", stichle ich. „Ich bin sicher, sie wäre ganz verrückt danach, mit dir kleine arrogante Greiners in die Welt zu setzen."

Bei der Erwähnung des Namens entgleisen ihm kurz die Gesichtszüge. Offensichtlich lässt diese Frau nicht locker und ist regelrecht hinter ihm her. Ich schmunzle in mich hinein, denn mit diesem spitzen Seitenhieb hat er nicht gerechnet.

Dennoch dauert es nur einen kurzen Moment, bis er sich wieder unter Kontrolle hat und die Unsicherheit in seinem Gesicht auf einen Schlag wieder verschwunden ist.

„Geh Babysitten!", sagt er amüsiert und deutet mit dem Kopf zur Tür.

Mit einem dicken Lächeln auf den Lippen winke ich ihm zu und verlasse das Büro.

Als ich bei Maria ankomme, fällt sie mir erleichtert um den Hals, bevor sie mir das Baby regelrecht in die Hand drückt.

„Ich bin so froh, dass du da bist. Die Kleine macht mich fix und fertig“, stöhnt sie und schlurft ins Wohnzimmer.

„Hallo meine Süße“, sage ich zu Milena und drücke ihr einen Kuss auf die Stirn.

Die Kleine riecht so gut, was vermutlich an dem wohlduftenden Babybadezusatz liegt, den Maria verwendet. Nachdem ich die Eingangstür geschlossen habe, folge ich Maria. Milena lächelt mich fröhlich an und ich kann mir gar nicht vorstellen, wie es dieser kleine Sonnenschein schafft meine Freundin so fertig zu machen.

Maria hat Augenringe, die ihr bis tief in die Wangen reichen. Ihr ausgeleiertes und verknittertes T-Shirt sieht aus, als hätte sie es schon tagelang an und ihre Haare stehen wild von ihrem Kopf ab. Auch der Haargummi schafft es kaum, diese zu bändigen. Stöhnend wirft sie sich auf das Sofa und legt ihren rechten Unterarm über ihre Stirn.

„Sie hat die ganze Nacht geschrien und dennoch hat sie heute Mittag kaum geschlafen. Ich verstehe nicht, wo sie die Energie hernimmt. Ich bin völlig fertig.“

Marias Mann ist diese Woche beruflich unterwegs und kann ihr mit der Kleinen daher nicht behilflich sein. Ein Blick in Melinas süßes Gesicht lässt mich daran zweifeln, dass dieses wundervolle Wesen tatsächlich einem die ganze Nacht den Schlaf rauben kann.

„Weißt du was? Leg dich ins Bett und schlaf ein paar Stunden. Ich kümmere mich solange um Milena“, schlage ich ihr vor.

„Oh Franzi, du bist die Beste“, sagt sie, während sie sich aufrichtet und mit weit ausgebreiteten Armen auf mich zukommt.

Nach einer kurzen Umarmung löst sie sich wieder von mir.

„Du weißt ja, alles für ihr Fläschchen steht in der Küche und im Badezimmer sind die Windeln.“

„Maria, ich komme zurecht. Immerhin füttere ich sie ja nicht zum ersten Mal und das mit dem Wickeln bekomme ich auch hin“, beruhige ich sie. „Außerdem bist du ja gleich nebenan, falls wirklich was ist.“

Sie nickt dankbar und drückt mir einen Kuss auf die Wange, bevor sie ihrer Tochter zärtlich über den Kopf streicht.

„Ich liebe sie über alles, aber ohne Schlaf, das halte ich nicht aus.“

Sie schlurft zur Schlafzimmertür und verschwindet dahinter. Anschließend lege ich Milena auf ihre Krabbeldecke und setze mich daneben. Ich habe vor kurzem ein Spielzeug gekauft, welches verschiedene Geräusche macht, wenn man es schüttelt und drückt.

Milena hat einen Riesenspaß daran, denn sie quietscht fröhlich, während sie mit Händen und Beinen strampelt. Es wird wohl ein Kinderspiel ein paar Stunden auf die Kleine aufzupassen.

7. Kapitel

14. Oktober, morgens halb neun in Passau

„Guten Morgen“, ruft Sebastian, als ich das Büro betrete und sieht zu mir auf. „Wie siehst du denn aus?“

Da gestern Abend Maria wie ein Stein geschlafen hat und ich ihr eine erholsame Nacht gönnen wollte, übernachtete ich bei ihr und kümmerte mich um Milena. Anfangs dachte ich noch es würde ein Kinderspiel. Sie trank brav ihr Fläschchen, ließ sich ohne Widerstand wickeln und den Schlafanzug anziehen und lauschte interessiert meiner Guten-Nacht-Geschichte.

Doch als ich sie schließlich in ihr Bettchen legte und das Licht löschte, dauerte es keine zwei Minuten und sie fing an zu schreien. Also holte ich sie wieder aus ihrem Bett, wiegte sie in meinen Armen, bis sie einschlief und legte sie wieder zurück. Doch noch bevor ich meine Hände aus dem Bett nehmen konnte, schlug sie schon wieder die Augen auf und sah mich an, als wolle sich mich davor warnen, erneut das Licht zu löschen und das Zimmer zu verlassen.

Natürlich tat ich es doch, denn immerhin war es einen Versuch wert. Kaum war es dunkel, schrie sie aus voller Kehle, als würde ihr jemand Schmerzen bereiten. Also ging ich zurück und das ganze Spiel begann von vorne.

Nach ein paar Versuchen gab ich es schließlich auf und setzte mich in den Polsterstuhl, der in Milenas Zimmer stand. Darauf verbrachte ich die Nacht und heute Morgen wusste ich, wovon Maria gestern Abend gesprochen hatte.

Sie war es auch, die mich heute Morgen um sieben Uhr weckte, während Milena in meinen Armen selig schlummerte. Erleichtert übergab ich das kleine Wesen, mit dem kräftigen Organ an Maria, frühstückte noch etwas mit ihr und verabschiedete mich schließlich, nachdem sie mir etwa tausendmal gedankt hatte.

Da ich ein gutmütiger Mensch bin und Maria wirklich über alles liebe, habe ich ihr angeboten, dass sie mich jederzeit wieder anrufen könnte, wenn sie erneut ein paar Stunden Ruhe benötigte.

Anschließend fuhr ich nach Hause und sprang unter die kalte Dusche, um einigermaßen fit zu sein. Wobei ich alles andere als das bin, denn ich fühle mich wie gerädert und bin hundemüde.

„Milena hat derzeit stark mit den Drei-Monats-Koliken zu kämpfen und da Maria völlig am Ende war, habe ich heute die Nachtschicht übernommen“, sage ich, während ich mich auf meinen Schreibtischstuhl fallenlasse und laut stöhne.

„Und was ist mit dem Vater?“

Sebastian runzelt die Stirn. Offensichtlich ist er der Ansicht, dass dieser sich sehr wohl bei der Kindererziehung beteiligen sollte. Dabei hätte ich ihn jetzt eher als Macho eingeschätzt, der mit Überzeugung daran festhält, dass die Frau für Kinder und Haushalt zuständig ist und der hart arbeitende Mann nachts seinen erholsamen Schlaf verdient hat. Ich rechne es ihm hoch an, dass er dies offensichtlich nicht so sieht.

„Der ist beruflich die ganze Woche unterwegs."

„Okay, dann ist er entschuldigt."

„Gibt es was Neues in unserem Mordfall?", frage ich ihn.

„Die Anrufliste des Handys ist ausgewertet."

„Und?", hake ich neugierig nach. „Mach´s nicht so spannend."

„Sie hatte nur Kontakt mit ihren Arbeitskollegen, Freunden und Jonas. Also keine Nummer, die wir nicht zuordnen können."

„Verdammt", murmle ich. „Und die Fußspuren?"

„Da gibt es tatsächlich was Neues. Neben den Gummistiefel Abdrücken, die zu der Familie Saller gehören, haben wir ja auch noch Frauenschuhabdrücke gefunden. Neben den Abdrücken von Lisa haben wir auch noch welche von einem zweiten Paar Frauenschuhen gefunden. Allerdings in Größe 41, was für eine Frau doch schon außergewöhnlich groß ist."

„Dann lebt wohl Lisas Mörderin auf großem Fuß."

„Tja, den passenden Fuß dazu müssen wir jetzt nur noch finden."

Ich runzle die Stirn. Die meisten Täter finden sich im sozialen Umfeld des Opfers. Dieses besteht aus Freunden, Familie und Kollegen. Die beste Freundin von Lisa hatte keine außergewöhnlich großen Füße, das wäre mir aufgefallen und die Familien wurden bereits überprüft.

„Hast du die Liste der Arbeitskollegen von Lisa?", frage ich Sebastian.

„Klar, hier!"

Er überreicht mir ein Blatt Papier, auf dem er sich während seiner Anrufe gestern Notizen gemacht hat. Ich rufe die Homepage der Firma auf, bei der das Opfer gearbeitet hat.

„Die beste Freundin hat doch erwähnt, dass Lisa mit ihnen einen beruflichen Erfolg gefeiert hat", murmle ich nachdenklich und öffne die Team Seite der Firma.

Tatsächlich sind dort von jedem Mitarbeiter Fotos hinterlegt und ich gleiche die Namen mit Sebastians Liste ab.

„Ja, Lisas Chef hat gesagt, dass sie einen wichtigen Kunden für die Firma akquirieren konnte. Aber warum sollte sie jemand dafür umbringen?"

„Ich habe da so ein Gefühl, dass wir den Täter vielleicht in ihrem Arbeitsumfeld finden."

„Was ist mit dieser Frau? Ihr Name steht nicht auf deiner Liste."

Ich drehe den Bildschirm zu ihm und er wirft einen Blick darauf.

„Keine Ahnung, vielleicht hat sie Urlaub oder war krank“, entgegnet er schulterzuckend. „Ist sie die einzige, mit der ich nicht gesprochen habe?“

„Ja, so wie es aussieht schon.“

„Dann rufe ich den Chef gleich nochmal an und frage ihn.“

Es dauert nicht lange, bis er den Mann an der Strippe hat. Das Gespräch ist kurz und als Sebastian den Hörer auflegt, sehe ich ihn gespannt an.

„Sie hat sich diese Woche krankgemeldet.“

„Hm, vielleicht fühlt sie sich ja nach einem Mord nicht in der Lage zu arbeiten“, vermute ich.

Sebastian wirft nochmal einen Blick auf das Bild und zieht eine Augenbraue in die Stirn.

„Chiara Seyer sieht aber gar nicht aus wie eine Mörderin.“

Nein, Chiara Seyer sieht aus wie eine Bilderbuch Blondine. Ihre hohen Wangenknochen und die vollen Lippen gefallen sicher jedem Mann. Genauso wie die strahlend blauen Augen, mit dem vollen Wimperkranz. Ich rolle mit den Augen und drehe den Bildschirm wieder zurück, so dass er keine Sicht mehr darauf hat.

„Nur weil die Frau dir gefällt, heißt es nicht, dass sie keine Mörderin sein kann.“

„Okay, ich würde sagen, wir statten ihr einen Besuch ab. Immerhin müsste sie ja zu Hause im Bett liegen, wenn sie krankgeschrieben ist.“

„Na das denke ich mir, dass du die hübsche Blondine gerne im Bett vorfinden würdest“, entgegne ich spitz.

„Bitte keine Unterstellungen“, zwinkert er mir zu, während er in seine Jacke schlüpft.

Als wir beim Haus von Chiara Seyer ankommen, stehen wir vor verschlossener Tür. Trotz mehrmaligem Klingeln, wird uns nicht geöffnet, wobei ich mir nicht sicher bin, ob sie wirklich nicht da ist oder uns einfach nur nicht ins Haus lassen möchte.

„Ich glaube sie ist zu Hause“, flüstere ich Sebastian zu.

„Quatsch, dann würde sie uns doch öffnen. Vielleicht ist sie ja beim Arzt.“

Skeptisch runzle ich die Stirn und verziehe meine Lippen. Sebastians Verstand leidet ab und an bei gutaussehenden Frauen. Da verliert er schon mal den nötigen Biss und denkt mit seinen Lenden, anstatt mit dem Gehirn.

Nichts desto trotz können wir im Moment nichts machen, als wieder abzuziehen und es später nochmal probieren.

„Wir besuchen nochmal ihren Arbeitsplatz und sehen uns mal an, auf welch großem Fuß die dort tätigen Damen leben“, schlägt Sebastian vor.

„Dann können wir auch gleich nachfragen, welche Schuhgröße Chiara hat.“

„Und du denkst das wissen die Kollegen?“, entgegnet er skeptisch.

„Frauen reden über sowas.“

Zweifelnd kneift er seine Augen zusammen und zuckt gleichgültig mit den Schultern, bevor er sich abwendet und auf das Auto zusteuert. Dies nennt man dann wohl eine stille Einwilligung.

8. Kapitel

14. Oktober, vormittags halb elf in Passau

Wir haben die Füße der weiblichen Mitarbeiterinnen geprüft und dafür alle Angestellten im Aufenthaltsraum zusammengetrommelt.

„Weiß jemand von Ihnen welche Schuhgröße Frau Seyer hat?“, fragt Sebastian anschließend in die Runde.

Es werden Blicke ausgetauscht, doch mit Antworten halten sich alle zurück. Schließlich räuspert sich eine brünette ältere Dame.

„Genau weiß ich es nicht. Aber sie hat mal erwähnt, dass es oftmals sehr schwer für sie ist, schöne Schuhe zu finden, da sie doch recht große Füße hat.“

Ich wechsle mit Sebastian einen Blick und kann mir ein überhebliches Grinsen nicht verkneifen. Meiner *Ich hab's dir ja gesagt*-Miene entgegnet er mit einem *Es ist noch nichts erwiesen*-Blick, der mich schmunzeln lässt.

„Falls sich Frau Seyer bei jemanden von Ihnen meldet, geben Sie ihr bitte meine Telefonnummer, sie soll sich dringend bei uns melden!“

Sebastians Aufforderung entgegnen alle mit einem zustimmenden Nicken, während er seine Visitenkarte auf den Tisch legt. Anschließend verabschieden wir uns und verlassen das Gebäude.

„Ich habe es dir ja gesagt“, sage ich triumphierend, als wir auf den Wagen zugehen.

„Es ist noch nichts bewiesen“, entgegnet er schmollend.

„Nein, aber das werden wir noch“, stichle ich weiter.

„Ich habe Hunger, gehen wir was essen!“, sagt er entschlossen und ignoriert meine Worte.

„Wann hast du denn auch nicht Hunger?“

„Was hältst du von griechisch?“

Allein beim Gedanken an Gyros mit Pita Brot und Bauernsalat läuft mir das Wasser im Mund zusammen und wie auf Kommando knurrt mein Magen. Mit Essen schafft er es immer wieder, mich um den Finger zu wickeln. In dieser Hinsicht sind wir uns sehr ähnlich, denn verfressen sind wir beide.

„Bin dabei“, stimme ich zu, denn alles andere wäre gelogen.

Als ich mir gerade die erste Gabel meines Gyros in den Mund schiebe, klingelt mein Handy. Ich bin versucht den Anruf zu ignorieren, doch ein Blick auf das Display zeigt die Festnetznummer meiner Eltern. Sicherlich ist es meine Mama, denn der Papa telefoniert nur in Ausnahmefällen. Sie wegzudrücken könnte unangenehme Folgen nach sich ziehen, daher nehme ich das Handy und würge das Fleisch nur mäßig zerkaut hinunter.

„Tante Sophie kommt in einer Stunde zum Kaffeetrinken. Sie hat gerade angerufen und sich quasi selbst eingeladen. Sie möchte mich sicher auf die Probe stellen“, stöhnt die Mama, nachdem ich das Gespräch angenommen habe.

„Womit denn auf die Probe stellen?“, frage ich irritiert.

„Na sie will mich prüfen, ob es mir gelingt in einer Stunde einen Kuchen auf den Tisch zu zaubern“, entgegnet sie entrüstet.

„Und?“, frage ich neugierig. „Schaffst du das?“

„Natürlich würde ich das schaffen, aber ich habe keine Eier mehr. Die Letzten hab ich heute Mittag in die Knödel geschlagen“, seufzt sie.

„Und warum rufst du jetzt mich an?“

Keine Ahnung, was sie von mir will. Immerhin kann ich keine Eier legen und habe auch keine bei der Hand. Außerdem verstehe ich das Problem sowieso nicht. Ich an ihrer Stelle hätte der Sophie gesagt, dass ich keine Zeit für einen Besuch von ihr habe oder hätte ihr einfach eine Packung Kekse auf den Tisch gestellt.

„Ich brauche Eier und du musst mir welche bringen.“

„Mama, ich bin in der Arbeit und jetzt extra von Passau nach Oberhunding zu fahren, nur um dir ein paar Eier vorbeizubringen, ist doch nicht wirklich dein Ernst oder? Warum fragst denn nicht einfach die Nachbarin oder fährst zur Kramerin?“

Meine Mama kauft nie Eier, sondern ist immer darauf bedacht nur die Eier der eigenen Hühner zu verwenden. Falls ihr die wirklich mal ausgehen, fragt sie die Nachbarin oder holt sie eben vom Kramerladen, den wir noch im Dorf haben.

„Ausgerechnet heute hat keiner, den ich fußläufig erreichen könnte, übrige Eier. Es ist wie verhext, als ob die Sophie dafür gesorgt hätte, dass ich an keine Eier rankomme.“

Jetzt übertreibt die Mama definitiv. Sie und Tante Sophie können sich eigentlich nicht wirklich leiden. Sie sind sowas wie Konkurrentinnen. Wer backt den besseren Kuchen, die schönste Torte, hat das sauberste Haus oder den schönsten Garten. Solche Sachen eben. In meinen Augen lauter belanglose Dinge, aber die zwei schaukeln sich damit regelrecht in die Höhe.

„Dann setz dich ins Auto und fahr zur Kramerin“, sage ich und werfe Sebastian einen genervten Blick zu.

„Das ist ja das Problem. Der Papa ist beim Doktor und der Michi ist auch nicht da.“

Das erklärt natürlich ihre Bredouille, denn der Kramerladen ist etwa vier Kilometer entfernt und der Weg dahin führt vorwiegend bergauf.

„Geh Mama, ich kann doch jetzt nicht wegen zehn Eier von der Arbeit weg und heimfahren.“

„Franzi, das ist aber wichtig!“, entgegnet sie energisch.

„Keine Sorge, wir sind schon unterwegs!“, ruft Sebastian laut, so dass es meine Mama hören kann.

Ungläubig sehe ich ihn an und schüttle den Kopf. Was soll das denn jetzt?

„Danke Sebastian, dafür kriegst du ein extra großes Stück von dem Kuchen“, schreit sie ins Telefon, so dass es mir beinahe das Trommelfell zerreißt.

Mit schmerzverzerrter Miene halte ich das Telefon etwa einen Meter von meinem Ohr entfernt. Als sich mein Gehör wieder etwas erholt hat, führe ich das Handy zurück an meine Ohrmuschel, doch alles was ich wahrnehme ist ein regelmäßiger Piepton. Sie hat einfach aufgelegt.

Ich stoße einen tiefen Seufzer aus, während ich Sebastian vorwurfsvoll ansehe.

„Was sollte das?“

„Deine Mama hat keine Eier für den Kuchen, da ist quasi Gefahr in Verzug. Also los!“

Er geht an den Tresen und begleicht die Rechnung. Anschließend winkt er mir ungeduldig zu und fordert mich auf ihm zu folgen. Ich gebe nach und zucke die Schultern. Zumindest musste ich so mein Essen nicht selbst bezahlen. Es kommt ja nicht so oft vor, dass ich von Sebastian eingeladen werde. Dazu braucht es einen Dringlichkeitsanruf von meiner Mama.

Auf dem Weg halten wir noch beim Oberhundinger Kramerladen an, um die Eier zu besorgen.

„Ja, die Huber Franzi, Servus! Dich hab ich ja schon ewig nicht mehr gesehen."

„Grüß dich Kramerin", entgegne ich der älteren Dame Ende fünfzig.

„Und was hast denn da für einen feschen Burschen mitgebracht. Ist das dein Freund? Können wir uns etwa schon bald auf eine Hochzeit freuen? Zeit wird's ja!" Sie redet wie immer ohne Punkt und Komma.

„Du entschuldige, aber wir haben nur ganz wenig Zeit, weil die Mama auf die Eier wartet."

Ich lege die Packung auf den Tresen und ignoriere einfach ihre Fragen. Diese Frau ist das Tratschweib schlechthin und auch wenn mir klar ist, dass spätestens morgen im ganzen Dorf rumgeht, dass ich kurz vor einer Hochzeit stehe, verzichte ich darauf klarzustellen, dass Sebastian lediglich ein Arbeitskollege ist. Außerdem wäre es sowieso zwecklos, denn dieses Gerücht wird die Kramerin in Umlauf bringen, egal was ich dazu sage. Dafür reicht es, dass Sebastian mit mir den Laden betreten hat.

Gerne hätte ich die Eier woanders gekauft, aber dann hätte ich den Zorn der Mama auf mich gezogen. Wenn sie schon nicht die eigenen Eier haben kann und auch nicht die der Nachbarn, dann müssen es zumindest welche vom ansässigen Kramerladen sein.

9. Kapitel

14. Oktober, nachmittags halb drei in Oberhunding

„Also Franzi, das freut mich schon narrisch, dass ich dich mal wiedersehe“, sagt Tante Sophie, als wir bei Kaffee und Biskuitrolle am Küchentisch sitzen.

Die Mama hat es tatsächlich geschafft in der kurzen Zeit eine Himbeer-Sahne-Roulade zu zaubern. Als wir hier mit den Eiern ankamen, stand schon alles bereit und sie hat mir die Packung quasi aus den Händen gerissen.

„Und dass ich auch noch deinen Freund kennenlerne …“

Sie grinst Sebastian an und zwinkert ihm dabei zu.

„Wir sind nur Kollegen“, werfe ich ein.

„Ist aber auch Zeit worden“, flüstert sie der Mama zu und ignoriert meinen Einwand einfach.

Die Mama ringt sich ein Lächeln ab, unterlässt es aber die Sachlage erneut aufzuklären. Es scheint als wäre es ihr nur recht, wenn Tante Sophie glaubt, dass ich vergeben bin. Wenn ich nicht aufpasse bin ich bald schon mit Sebastian verlobt ohne dass wir beide etwas davon mitbekommen.

„Sebastian magst du noch ein Stück von der Rouladen?“, fragt die Mama und ohne auf seine

Antwort zu warten, schneidet sie noch eine riesige Scheibe davon ab.

„Sehr gerne! Sie ist einfach köstlich. Du bist halt die beste Bäckerin“, schwärmt er übertrieben.

„Alter Schmeichler!“

Meine Mama schenkt ihm ein strahlendes Lächeln und wenn sie keine Ohren hätte, würde sie glatt rundherum grinsen. Die beiden treiben mich noch in den Wahnsinn. Wieso hält keiner von ihnen es für nötig aufzuklären, dass Sebastian und ich kein Paar sind?

Gerade als ich diesen Part erneut übernehmen möchte, kommt die Oma durch die Tür herein.

„Ja da bist du ja endlich“, begrüßt sie die Sophie. „Ich hab schon gemeint ich sehe dich heute gar nicht mehr.“

„Wo warst du denn?“, fragt die Mama. „Ich hab zuvor schon nach dir gerufen.“

Ein Seitenblick auf meine Oma reicht, um zu wissen, wo sie war. Vermutlich hat sie sich wieder mit dem Nachbarn vergnügt und hat dabei alles um sich herum vergessen. Ich verkneife mir ein Schmunzeln, denn auch wenn ich anfangs geschockt war, dass die Oma einen Liebhaber hat, freue ich mich nun für sie. Sie hat vollkommen recht, dass sie ihr Leben in vollen Zügen genießt. Sie hat es sich redlich verdient.

„Ach, ich hab nur einen kleinen Spaziergang gemacht“, entgegnet sie.

Die Mama sieht meine Oma stirnrunzelnd an.

„Seit wann gehst du denn spazieren?“, fragt die Mama zweifelnd.

Kein Wunder, dass ihr das spanisch vorkommt, denn die Oma ist wirklich niemand, der sich die Zeit mit Spaziergängen vertreibt. Da passt es schon eher zu ihr, dass sie auf der Hausbank sitzt und eine Halbe Bier trinkt. Ein Beweis mehr, dass sie gerade gelogen hat und ich mit meiner Vermutung ihres Schäferstündchens richtig liege.

„Mei, wer rastet der rostet“, entgegnet sie schulterzuckend und setzt sich an den Tisch neben mich.

Ich lächle ihr verschwörerisch zu, woraufhin sie mir spitzbübisch zuzwinkert und in sich hineingrinst. Aus dem Augenwinkel erkenne ich, dass auch Sebastian geschnallt hat, was hier vor sich geht. Hoffentlich lässt er sich nicht anmerken, dass er von Omas Liebhaber weiß. Vielleicht hätte ich ihm doch dieses Geheimnis nicht anvertrauen dürfen. Wenn er mich verrät wird mir das meine Oma nie verzeihen.

Glücklicherweise scheint sie keinen Verdacht zu hegen, da Sebastian sich ihr gegenüber nichts anmerken lässt. Ich ergreife die Kaffeekanne und schenke der Oma ein, bevor ich ihr ein großes Stück von der Roulade abschneide und auf den Teller lege. Sie kann die Kalorien nach ihrer Sporteinlage gut gebrauchen. Wie auch immer ihr Sport ausgesehen haben mag.

„Wo habt ihr zwei euch denn kennengelernt?“, fragt Tante Sophie und sieht dabei Sebastian an.

Ihre Miene spricht Bände. Sie findet ihn super und würde ihn vermutlich am liebsten mit nach Hause nehmen. Der Kerl hat eine besondere Gabe Frauen sämtlichen Alters mit seinem Charme um den Finger zu wickeln. Sie fressen ihm geradezu aus der Hand.

Doch wenigstens hat er jetzt endlich die Möglichkeit den Irrtum aufzuklären. Ich bin gespannt wie er es ihr beibringt, dass wir nicht das liebende Paar sind, welches sie gerne hätte, sondern einfach nur Kollegen, die das ein oder andere Mal auch aneinandergeraten.

„Ich kenne die Franzi schon seit Kindertagen, doch erst seit sie wieder zu Hause wohnt verbringen wir sehr viel Zeit miteinander.“

Mein Kinn klappt nach unten und ich starre ihn mit offenstehendem Mund ungläubig an. Hat der Kerl in seiner Kaffeetasse hochprozentigen Schnaps?

Nur so ließe sich seine Aussage erklären. So wie er sich gerade ausgedrückt hat, lässt er alle Spekulationen offen. Er hat zwar nicht direkt eine Beziehung zwischen uns bestätigt, doch eine Richtigstellung war es definitiv auch nicht.

Möchte er etwa, dass Tante Sophie glaubt, dass wir tatsächlich ein Paar sind?

Ist ihm denn nicht bewusst, dass dann binnen weniger Stunden das ganze Dorf über unsere Beziehung tuschelt?

„Die zwei sind ja schon miteinander in die Schule gegangen“, sagt nun auch noch die Mama.

Ich sehe zwischen den beiden ungläubig hin und her. Beim Blick zur Oma wird mir klar, dass sie mit aller Macht versucht nicht laut loszulachen. Vermutlich hat sie jedoch Angst, dass sie so meinen Zorn auf sich ziehen könnte und ich daraufhin ihr Geheimnis ausplaudere. Daher stopft sie sich ein großes Stück Kuchen in den Mund und verhindert somit, dass jemand ihre Belustigung erkennt.

„Wir arbeiten zusammen“, stöhne ich genervt, um endlich Klarheit zu schaffen.

„Da lässt es sich gar nicht vermeiden, dass man sehr viel Zeit miteinander verbringt“, sagt Sebastian und macht damit meine Bemühungen zunichte.

Er lässt es so klingen, als wäre dies nur noch eine zusätzliche Info.

„Ja, da muss man sich schon gut verstehen, wenn man privat und beruflich so viel Zeit miteinander verbringt“, entgegnet Tante Sophie und nickt verständnisvoll. „Ich und mein Herbert, Gott hab ihn selig …“, sie bekreuzigt sich, als sie ihren verstorbenen Mann erwähnt, „… haben uns ja auch bei der Arbeit kennengelernt. Aber als dann unser erstes Kind auf die Welt kam, blieb ich zu Hause. Das hat vermutlich unsere Ehe gerettet.“

Unisono lachen Tante Sophie, Sebastian und meine Mama auf, während die Oma mich amüsiert beobachtet und dabei weiter ihren Kuchen futtert. Ich gebe es ja nur ungern zu, aber die Situation überfordert mich regelrecht. Schließlich lehne ich mich resigniert zurück. Sollen sie doch machen, was sie wollen.

Ich entziehe mich jetzt diesem Zirkus und verkneife mir weitere Versuche der Klarstellung. Wenn Sebastian das Getratsche im Dorf haben will, dann bitte!

Irgendwann werde ich mich schon dafür rächen, dass er mich heute so tief in die Scheiße geritten hat. Es kommt bestimmt eine Gelegenheit mit einer seiner Gspusis, bei der ich mich für diesen schrecklichen Kaffeeklatsch revanchieren kann.

Desinteressiert blende ich die Gespräche aus und gönne mir noch ein Stück Kuchen. Ich mache es einfach wie meine Oma. Reden ist Silber, Schweigen ist Gold.

10. Kapitel

15. Oktober, morgens halb acht in Oberhunding

„Der Sebastian ist da!“, ruft die Mama über die Treppe nach oben.

Gehetzt sehe ich zur Uhr.

„Aber es ist doch noch gar nicht halb acht!“, rufe ich zurück.

„Da könntest du dir mal eine Scheibe abschneiden. Du kommst immer zu spät.“

Da meine Mama mich nicht sieht, rolle ich genervt mit den Augen. War ja klar, dass sie wieder ihm zuhält.

„Ich bin nicht ganz fertig. Er soll noch kurz warten!“, sage ich schließlich.

Da mein Auto noch bei der Dienststelle in Passau steht, weil wir gestern nach dem Kaffeeklatsch entschlossen haben, nicht mehr ins Büro zu fahren, holt Sebastian mich heute ab. Was natürlich zur Folge hat, dass ich viel zu früh aufstehen musste. Dabei hat er ja behauptet, dass er mir mit halb acht schon entgegenkommt. Er ist für gewöhnlich schon um halb acht im Büro.

Das Schlimme ist, dabei lügt er nicht mal. Der Kerl ist einfach ein Frühaufsteher. Anders kann ich mir das nicht erklären und verstehen werde ich es auch nie. Keine Ahnung, was der Kerl einschmeißt, so dass er schon in aller Herrgottsfrühe so gut drauf ist. Kaffee alleine kann es kaum sein, denn ich könnte mir davon drei Kannen reinschütten und ich würde trotzdem vor neun Uhr nicht richtig in die Gänge kommen.

Als ich in die Küche komme, um eine Flasche Wasser und meine Brotzeitdose einzupacken, sitzt Sebastian am Tisch. Natürlich hat ihm die Mama ein Frühstück aufgetischt und er schaufelt es genüsslich in seinen Mund. Vermutlich haben die beiden das bereits gestern vereinbart, als klar war, dass er mich heute Morgen abholt.

Es ist mir auch einerlei; was mich allerdings wirklich nervt ist die Tatsache, dass er seine Tasse leert, den letzten Bissen Brot in den Mund schiebt und aufsteht.

„Darf ich vielleicht auch noch was frühstücken?“, frage ich vorwurfsvoll, als er sich zum Aufbruch rüstet.

„Es ist schon halb acht!“, entgegnet er tadelnd.

Ich schließe meine Lider und zähle in Gedanken langsam auf zehn, um mich wieder zu beruhigen. Bringt ja nichts, wenn ich ihm schon frühmorgens an die Gurgel springe. Immerhin muss ich ihn heute noch den ganzen Tag ertragen.

Für unsere Zusammenarbeit ist es definitiv nicht förderlich, wenn wir uns schon vor halb neun sehen. In Gedanken speichere ich die Info ab. Niemals wieder eine Situation zulassen, wo ich Sebastians Gesellschaft gleich nach dem Aufstehen ertragen muss. Zuerst brauche ich etwa ein bis zwei Stunden um richtig wach zu werden, bevor ich der Nervensäge unter die Augen treten kann.

Als ich meine Lider aufschlage, ignoriere ich sein amüsiertes Schmunzeln, sonst waren die zehn Sekunden tief Luft holen völlig umsonst. Stattdessen beuge ich mich über den Tisch, schmiere etwas Butter auf eine Scheibe Brot und klappe sie in der Mitte zusammen. Anschließend nehme ich noch einen großen Schluck Kaffee aus der bereitstehenden Tasse und wende mich Sebastian zu.

Meine Mama hasst es, wenn jemand im Gehen oder Stehen isst. Sie predigt immer, wie wichtig es sei die Mahlzeiten ohne Hast einzunehmen. Heute, wo Sebastian mich jedoch drängt, mischt sie sich nicht ein. Jetzt wo ihre schlauen Ratschläge mich unterstützen könnten, behält sie diese für sich.

„Danke für das Frühstück!“, ruft Sebastian der Mama zu, während wir das Haus verlassen.

Im Wagen angekommen genieße ich ausgiebig mein Butterbrot und achte darauf, dass ausreichend Brösel auf Sebastians Beifahrersitz landen. Wenn er mich schon so hetzt, ist etwas Rache nicht verwerflich.

Er wirft mir einen Seitenblick zu und ich sehe, wie seine Kiefer regelrecht mahlen, weil sein geliebtes Auto beschmutzt wird.

„Könntest du bitte nicht alles vollbröseln?“, fragt er schließlich vorwurfsvoll.

„Oh sorry, ich hätte ja auch lieber am Tisch gesessen und auf den Teller gebröselt, aber …“

„Ja, ja schon gut!“, brummt er. „Wir könnten gleich noch zu Frau Seyer fahren. Vielleicht öffnet sie uns ja heute die Tür.“

„Findest du das nicht etwas früh?“, entgegne ich zweifelnd.

„Ist ja nicht jeder so ein Langschläfer wie du. Außerdem rechnet sie jetzt sicherlich noch nicht mit einem Besuch der Polizei und macht uns vielleicht die Tür auf.“

„Also glaubst du mittlerweile auch, dass sie etwas zu verbergen hat?“, rufe ich aufgebracht.

Kein Wunder, immerhin deuten einige Hinweise darauf, dass sie vielleicht etwas mit unserem Mordfall zu tun hat. Ihre plötzliche Krankheit, ausgerechnet ab dem Tag, als wir die Leiche gefunden haben. Die großen Füße, wie es eine Kollegin bemerkt hat und die Tatsache, dass sie nicht zu Hause war, obwohl sie krankgeschrieben ist. Ich kann es beinahe riechen. Die Sache stinkt zum Himmel und diese Frau Seyer sieht nur so unbescholten aus.

Ich sehe es Leuten an der Nasenspitze an, wenn sie was zu verbergen haben. Bei der Frau reichte schon das Bild im Internet. Die hat eine so eisige Ausstrahlung, dass es mir kalt den Rücken runterläuft. Es ist sehr selten, dass ich eine solche

Abneigung gegen eine Person entwickle, ohne diese zu kennen. Doch diese Frau Seyer mag ich nicht und um das zu wissen, muss ich sie nicht einmal kennen.

„Ich glaube überhaupt nichts. Aber wir gehen immer allen Hinweisen nach“, entgegnet er.

„Na dann statten wir der Lady nochmal einen Besuch ab.“

Erneut stehen wir vor der Tür von Frau Seyer und diesmal wird uns nach einer Weile auch tatsächlich geöffnet. Sie steht im Bademantel vor uns und sieht ehrlichgesagt nicht gut aus. Kreidebleich und mit fettigen Haaren starrt sie uns aus geröteten Augen an. Sebastian stellt uns vor und bittet sie uns reinzulassen.

Sie wirkt wie erstarrt und bewegt sich keinen Millimeter. Nicht einmal ein Blinzeln erscheint in ihren Augen.

„Frau Seyer!“

Bei meinen Worten zuckt sie zusammen und schüttelt den Kopf, als müsse sie ihre Gedanken neu sortieren.

„Bitte!“, sagt sie und tritt einen Schritt beiseite.

Allerdings ist nicht zu übersehen, dass ihr unser Besuch nicht gefällt. Sie macht definitiv keine Luftsprünge. Wir folgen ihr durch den Flur in die Küche. Dort angekommen lehnt sie sich mit der Rückseite gegen die Küchenzeile und verschränkt die Arme vor der Brust.

„Was wollen Sie von mir?“, fragt sie nicht gerade freundlich.

Offensichtlich ist sie nicht gerade erpicht darauf, dass wir lange bleiben. Natürlich hat niemand gerne die Kripo im Haus, aber eine so offensichtliche Abneigung schlägt uns nicht so oft entgegen.

„Haben Sie schon vom Tod Ihrer Arbeitskollegin gehört?“, frage ich sie und komme gleich auf den Punkt.

Sie möchte, dass wir uns kurzhalten?

Das kann sie haben!

„Ja ich habe gehört, dass Lisa einen schrecklichen Unfall hatte.“

Sie wirkt beinahe etwas mitfühlend, ich kann mich aber auch irren. Diese Frau ist sehr undurchsichtig und ich frage mich, ob ihr mitgenommenes Aussehen tatsächlich von einer Krankheit kommt oder sie vielleicht an etwas anderem zu knabbern hat. Einem Mord zum Beispiel.

„Ob es ein Unfall war wissen wir noch nicht. Darum haben wir auch ein paar Fragen an Sie. Wie war Ihre Beziehung zu Frau Kramer?“, fragt Sebastian.

„Wir waren einfach nur Kollegen“, entgegnet sie gleichgültig und zuckt mit ihrer rechten Schulter.

„Gab es Streit zwischen Ihnen?“, hake ich nach.

„Nein, wir haben uns gut verstanden.“

Ihre Aussagen wirken nicht ehrlich, so wie die ganze Frau an sich.

„Wo waren Sie am 11. Oktober zwischen einundzwanzig und dreiundzwanzig Uhr?“, fragt Sebastian sie direkt.

Es scheint, als hätte sie seine Sympathie auch nicht erwecken können. So wie ich seine Mimik deute, kommt ihm diese Frau auch verdächtig vor.

„Ich war mit meinem Freund zusammen. Wir waren hier in meiner Wohnung und haben den Abend auf dem Sofa verbracht, weil ich schon etwas kränkelte.“

„Wie lange war er bei Ihnen?“, hake ich nach.

„Er war die ganze Nacht da“, sagt sie beinahe herausfordernd.

„Kann er das bestätigen?“, fragt Sebastian.

„Natürlich!“

„Dann brauchen wir den Namen Ihres Freundes!“, fordere ich und zücke meinen Notizblock.

11. Kapitel

15. Oktober, nachmittags halb drei in Passau

„Sie war es!“, sage ich entschlossen.

„Aber ihr Freund hat das Alibi bestätigt. Sie kann es nicht gewesen sein!“, entgegnet Sebastian.

„Verdammt“, brumme ich grimmig. „Ich wette die DNA-Spuren unter Lisas Fingernägeln stimmen mit der von dieser Frau Seyer überein.“

„Wir haben nichts in der Hand das eine DNA-Probe rechtfertigen würde. Dafür kriegen wir niemals einen richterlichen Beschluss.“

„Ich weiß“, stimme ich ihm grimmig zu.

Ich wette der Freund gibt ihr ein falsches Alibi.

„Wir müssen beweisen, dass der Freund lügt“, murmelt Sebastian, der offensichtlich auch nicht ganz von der Unschuld dieser Frau überzeugt ist.

„Sollen wir ihn nochmal in die Mangel nehmen?“

„Einen Versuch ist es wert“, entgegnet er schulterzuckend und greift zum Telefon.

Ein paar Minuten später legt er den Hörer wieder auf.

„Er ist zu Hause und wir können ihm gleich einen Besuch abstatten, auch wenn er nicht sehr erfreut darüber war, als ich uns angekündigt habe. Er hat ein paarmal versichert, dass er mit seiner Freundin zusammen war und er nicht wüsste, was wir noch von ihm wollen könnten."

„Hat er auf dich so gewirkt, als würde er ihr ein falsches Alibi geben?"

„Schwer zu sagen. Aber ganz wohl war ihm nicht bei meinem Anruf."

„Na dann!"

Der Mann empfängt uns mit einem griesgrämigen Gesicht und seine Abneigung gegen unseren Besuch ist nicht zu übersehen. Wir sind es gewohnt, dass wir keine gerngesehenen Gäste sind und solch ein auffälliges Verhalten schreckt mich nicht ab. Eher im Gegenteil.

Nach einer knappen Begrüßung führt er uns ins Wohnzimmer und so wie auch seine Freundin bietet er uns nichts zu trinken an. Allerdings hat er genug Anstand, um uns wenigstens zu gestatten, auf seinem Sofa Platz zu nehmen.

Sebastian nimmt ihn ins Kreuzverhör, während ich auf seine Körpersprache achte. Er wirkt nervös und seine Gestik zeigt deutlich, dass der Kerl lügt. Leider tut er dies allerdings überaus hartnäckig, denn er rückt keinen Millimeter von seiner Geschichte ab und beteuert, dass er am besagten Abend mit seiner Freundin auf dem Sofa gesessen hat und sie einen Film zusammen schauten.

Er nennt uns sogar den Titel und zeigt uns auch die DVD. Die beiden scheinen sich sehr gut vorbereitet zu haben. Die Lüge ist von vorne bis hinten abgestimmt oder es entspricht tatsächlich der Wahrheit. Er beteuert, dass seine Freundin niemals auch nur ein schlechtes Wort über Lisa fallen hat lassen. Laut seiner Aussage waren sie zwar nicht beste Freundinnen, haben sich aber ganz gut verstanden.

Ich fürchte, wir müssen hier unverrichteter Dinge wieder abziehen.

„Könnte ich bitte noch kurz Ihre Toilette benutzen?“, frage ich ihn, da mich meine Blase drückt.

Missmutig stimmt er zu und erklärt mir den Weg. Der Flur dorthin ist gesäumt von Fotos und Schnappschüssen, auf denen seine Freundin zu sehen ist. Offensichtlich ist er ganz vernarrt in diese Frau Seyer und betet sie regelrecht an.

Im Badzimmer sperre ich die Tür hinter mir ab und setze mich auf die Kloschüssel. Während ich meine Notdurft verrichte, wandert mein Blick durch den Raum. Auf dem Waschbecken steht ein Zahnputzbecher mit zwei Zahnbürsten und auf den Ablagen stehen überall Kosmetikflaschen, die eindeutig zu einer Frau gehören.

Auch eine Make-up Flasche, Wimperntusche und sonstige Schminkutensilien sind vorhanden. Vermutlich dauert es nicht mehr lange, bis die beiden zusammenziehen, denn wenn ich mich im Bad so umsehe, hat sie die meisten Sachen ja schon hier.

Mein Blick fällt auf eine große Rundbürste, die neben dem Waschbecken auf einem kleinen Kästchen steht. Ich stehe auf, ziehe mich wieder an und betätige die Klospülung. Während ich mir die Hände wasche, starre ich auf die Bürste, die von langen, blonden Haaren durchzogen ist.

Die Idee ist verwerflich und definitiv nicht legal. Ich trockne ausgiebig meine Hände ab und kann meinen Blick nicht von der Bürste losreißen. Kurzerhand hole ich meinen Geldbeutel aus der Hosentasche und öffne das Münzfach. Anschließend pule ich ein paar der langen blonden Haare aus der Bürste und verstaue sie in meinem Portemonnaie.

Als ich wieder ins Wohnzimmer zurückkomme, verabschieden wir uns und verlassen das Haus. Ich bin nicht sicher, ob ich Sebastian erzählen soll, dass ich gerade eine DNA-Probe entwendet habe.

Fürs erste beschließe ich es für mich zu behalten. Ich werde die Haare mit der DNA-Probe, die unter Lisas Fingernägel gefunden wurde, abgleichen lassen. Falls sich herausstellt, dass ich mit meiner Vermutung richtig liege, und diese Frau etwas mit dem Tod von Lisa Kramer zu tun hat, muss ich es Sebastian sowieso gestehen.

„Der Besuch war wohl umsonst", sagt Sebastian grimmig, während wir zum Wagen gehen.

„Warten wir es ab. Vielleicht fällt uns ja noch ein Hinweis in die Hände."

Ich bin wirklich versucht ihm meine Eroberung zu präsentieren. Allerdings weiß ich, dass er vermutlich nicht so reagieren wird, wie ich es mir erhoffe. Er wird meinen Enthusiasmus wohl nicht teilen, sondern mir erzählen, dass dieses Beweismittel, sollte es sich als solches herausstellen, vor Gericht nicht zugelassen wird.

Eine DNA-Probe, die nicht von einem Richter angeordnet, sondern ohne Zustimmung des Verdächtigen entnommen wird, ist leider nicht haltbar. Dennoch wüssten wir dann zumindest, dass es sich lohnt nach weiteren Beweisen zu suchen.

Es darf nur niemand erfahren, dass ich mir einfach die Haare der Verdächtigen gekrallt habe.

„Soll ich dich gleich nach Hause fahren oder möchtest du heute dein Auto wieder mitnehmen?“, fragt Sebastian mich schmunzelnd.

„Setz mich an der Dienststelle ab. Noch einen so hektischen Morgen muss ich nicht haben“, entgegne ich.

„Hektisch?“, fragt er amüsiert. „Als ob du dich hetzen lassen würdest.“

„Soweit kommt es noch!“, entgegne ich mit gespieltem Entsetzen.

Sebastian setzt mich ab und fährt anschließend nach Hause. Ich gehe auf meinen Wagen zu, doch als er den Parkplatz verlassen hat und außer Sichtweite ist, schlage ich einen Haken und gehe zurück ins Gebäude.

Auf dem Weg zu Manuela hoffe ich, dass sie noch da ist. Ich habe Glück, denn als ich in der Gerichtsmedizin ankomme, zieht sie sich gerade die Jacke an.

„Hallo Franzi, welchem Umstand habe ich deinen Besuch zu verdanken?“, fragt sie vergnügt.

„Ich hätte eine Bitte“, antworte ich und hole meinen Geldbeutel hervor.

Als ich diesen öffne, runzelt Manuela die Stirn. Ich hole die einzelnen Haare heraus und halte sie Manuela vor die Nase.

„Könntest du die bitte mit der DNA-Probe abgleichen, die du unter den Fingernägeln des Opfers gefunden hast?“

Misstrauisch beäugt sie mich.

„Wie bist du an die gekommen?“, fragt sie nach.

„Das möchtest du gar nicht wissen.“

Ich beiße auf meine Unterlippe und sehe sie flehend an. Natürlich ist mir bewusst, dass sie alles Recht der Welt hätte, mich mit den paar Haaren zum Teufel zu schicken. Dennoch hoffe ich, dass sie mir behilflich ist.

Sie stößt seufzend den Atem aus, bevor sie eine kleine Plastiktüte aus ihrem Schreibtisch holt.

„Gib her!“

Ich lasse die Haare in die durchsichtige Folie gleiten und nicke Manuela dankbar zu.

„Du hast was gut bei mir!“

„Schon gut!“, entgegnet sie schmunzelnd. „Aber wenn die DNA übereinstimmt, wirst du die Mörderin zur Rechenschaft ziehen. Und zwar mit rechtmäßigen Beweisen!“, fordert sie.

„Versprochen“, stimme ich erleichtert zu. „Woher weißt du überhaupt, dass ich von einer Frau als Täterin ausgehe?“

„Lange, blonde Haare“, stellt sie trocken fest und zuckt mit ihrer rechten Schulter.

12. Kapitel

16. Oktober, morgens halb acht in Passau

„Was machts du denn schon so früh da?“, fragt Sebastian überrascht, als ich das Büro betrete.

„Der frühe Vogel … du weißt schon!“, entgegne ich aufgeregt und lege meine Sachen ab. „Ich bin gleich wieder da!“

Sebastians gerunzelte Stirn ignoriere ich, während ich mich auf den Weg zu Manuela mache. Ich hoffe sie hat die Probe schon untersucht, auch wenn ich gar nicht sicher bin, ob sie überhaupt schon im Haus ist.

Als ich bei ihr ankomme, sitzt sie gerade über ein Mikroskop gebeugt im Labor. Sie wirkt hochkonzentriert und hat meine Anwesenheit noch nicht bemerkt. Daher räuspere ich mich kurz, um sie nicht zu erschrecken, bevor ich sie anspreche.

„Guten Morgen.“

Sie wirbelt herum und schmunzelt, als sie mich sieht. Natürlich weiß sie, dass ich darauf brenne, das Ergebnis zu erfahren. Sie lässt mich zappeln und kostet es sichtlich aus.

„Jetzt lass mich nicht so lange schmoren. Hast du das Ergebnis schon?“, frage ich sie ungeduldig.

„Ich sehe schon, du sitzt ja schon auf Kohlen.“

„Jetzt sag schon!“, fordere ich und sehe sie auffordernd an.

„Deine Vermutung war richtig. Die Hautpartikel unter den Fingernägeln des Opfers stimmen mit der DNA-Probe, die ich von dir erhalten habe, überein.“

„Ich wusste es“, rufe ich und balle triumphierend meine Hand zur Faust.

„Es ist ja schön, dass du dich so freust. Allerdings kannst du diese Erkenntnisse nicht als Beweis verwenden“, mahnt Manuela.

„Ja, das ist noch ein kleines Problem. Allerdings werde ich dafür eine Lösung finden. Jetzt da ich weiß, wer für den Tod des Opfers verantwortlich ist, werde ich alles daransetzen, ihr dies nachzuweisen“, entgegne ich entschlossen.

„Sagst du es Sebastian?“, fragt sie mich.

„Ja, das werde ich ihm wohl beichten müssen, auch wenn er sicherlich nicht gerade erfreut über meinen Alleingang ist. Allerdings wird es mir mit seiner Hilfe leichter gelingen Frau Seyer zu überführen. Vielleicht hat ja er eine zündende Idee, wie wir ihr den Mord nachweisen können.“

„Denkst du wirklich, diese Frau hat das Opfer ermordet?“, hakt Manuela zweifelnd nach. „Vielleicht war es ja ein Unfall und sie wollte gar nicht, dass das Opfer stirbt.“

„Ganz ehrlich. Ich habe keine Ahnung. Diese Frau hat etwas Kaltes an sich und ohne sie zu kennen, würde ich ihr definitiv einen Mord zutrauen. Noch dazu, da sie ihren Freund ja dazu gebracht hat, ihr ein falsches Alibi zu geben. Dazu gehört schon eine Menge krimineller Energie."

Ich bedanke mich bei Manuela und mache mich auf den Weg zurück ins Büro. Jetzt muss ich wohl erst einmal eine Beichte ablegen und mir von Sebastian eine Standpauke anhören. Dabei wusste ich von Anfang an, dass der DNA-Test als Beweis nicht zulässig sein wird. Dennoch musste ich herausfinden, ob mein Bauchgefühl mir die richtige Richtung gewiesen hat.

Auf dem Weg nehme ich noch zwei Tassen Kaffee mit. Dieses Heißgetränk beschwichtigt Sebastian vielleicht etwas. Er sieht kurz auf, als ich die Tasse vor ihm abstelle.

„Dankeschön", sagt er knapp und sieht wieder auf den Bildschirm.

„Hast du was gefunden?", frage ich, weil er gar so nachdenklich wirkt.

„Dieses verdammte Alibi stinkt zum Himmel und ich suche nach etwas, womit ich das auch beweisen kann."

Er wirkt angespannt und lehnt sich schließlich seufzend zurück.

„Hat er seine Kreditkarte benutzt, während er angeblich mit Frau Seyer zu Hause war?"

„Nein, ich habe alle seine Karten überprüft. Er wurde auch nicht mit dem Auto geblitzt. Es gibt absolut nichts, das beweisen könnte, dass der Kerl nicht da war, wo er angegeben hat gewesen zu sein. Vermutlich ist Frau Seyer einfach unschuldig. Wir beißen uns hier an ihr fest, während der wahre Täter irgendwo da draußen rumläuft."

„Nein, es ist ganz gut, dass wir uns an ihr festbeißen", sage ich zaghaft.

Seine rechte Augenbraue schnellt in die Höhe, als er mich fragend ansieht.

„Wie meinst du das?"

„Na ja, ich war doch gestern noch kurz auf der Toilette, als wir bei dem Freund von Frau Seyer waren."

Ich zögere ihm von meiner illegalen Tat zu berichten, denn ich befürchte er könnte an die Decke gehen. Immerhin ist er mein Vorgesetzter und ich habe etwas getan, was ich nicht hätte tun dürfen.

„Huberin, raus mit der Sprache!"

Sein Befehlston lässt mich beinahe zusammenzucken. Auch wenn meine Tat rechtlich nicht zulässig war, bin ich davon überzeugt, dass es für die Lösung des Falls hilfreich war. Daher straffe ich meine Schultern und recke das Kinn.

„In der Bürste waren blonde, lange Haare, die höchstwahrscheinlich von Frau Seyer stammten, denn ihr Freund sah nicht so aus, als würde er sie betrügen."

Seine Miene ändert sich von neugierig zu vorwurfsvoll, indem sich seine Augenbrauen heben und er seinen Kopf etwas schief legt.

„Du hast die Haare mitgenommen!“

Es war keine Frage und daher verzichte ich auch auf eine Antwort. Stattdessen zucke ich knapp mit der rechten Schulter, was einem Eingeständnis gleichkommt. Er verdreht die Augen und schüttelt den Kopf.

„Warum wundert mich das bloß nicht?“, fragt er seufzend.

„Was sollte ich denn tun? So eine Gelegenheit musste ich doch ergreifen. Außerdem weiß niemand davon, außer Manuela und jetzt du.“

„Und so soll es auch bleiben“, knurrt er. „Was ist rausgekommen?“

Ich schmunzle bei seiner Frage. Auch wenn er es nur sehr ungern zugibt, interessiert es ihn brennend. Einen kleinen Moment lasse ich ihn noch zappeln und setze mich an den Schreibtisch.

„Es kann sowieso nicht verwendet werden. Also ist es ja egal“, antworte ich gleichgültig.

Ein Blick in Sebastians Gesicht reicht aus, um beinahe lauthals loszulachen. Seine Miene ist finster und ich kann sehen, wie seine Kiefer mahlen.

„Treib es nicht zu weit!“, brummt er warnend.

„Schon gut, schon gut!“, beschwichtige ich ihn. „Die DNA der Haare stimmt mit der DNA unter den Fingernägeln des Opfers überein.“

„Dann ist sie also doch die Täterin.“

„Ich bin mir ziemlich sicher. Vermutlich hat Lisa sich gewehrt, als ihre Kollegin versuchte sie in die

Odelgrube zu stoßen. Dabei hat sie ihr wohl ein paar Kratzer angehängt."

„Vielleicht haben wir ja Glück und sie hat dabei Spuren auf Frau Seyers Körper hinterlassen", sagt Sebastian nachdenklich.

„Und wie bringen wie sie dazu ihre Arme zu entblößen?", frage ich stirnrunzelnd.

„Keine Ahnung, außerdem wissen wir noch nicht einmal ob sich die Kratzspuren auf den Armen befinden."

„Wenn es zwischen den beiden zu einem Kampf gekommen ist, dann ist die Wahrscheinlichkeit hoch, dass sie die Kratzer an einer unbedeckten Stelle bekommen hat. Am Hals hatte sie nichts, das hätten wir gesehen, als wir bei ihr waren."

Er nickt nachdenklich und runzelt die Stirn, während sich seine Lippen kräuseln. So sieht Sebastian aus, wenn er sich in Gedanken einen Plan zurechtlegt. Ich hasse es, dass er mich immer erst einweiht, wenn dieser fertig ist. Es wäre viel vorteilhafter, wenn wir gemeinsam an einem solchen arbeiten würden.

„Was hast du vor?", frage ich ungeduldig.

Statt einer Antwort schmunzelt er nur geheimnisvoll.

13. Kapitel

17. Oktober, nachmittags halb drei in Passau

„Hoffentlich hat sie ihre Pläne aufgrund des Mordes nicht geändert“, murmle ich auf dem Weg zur Schwimmhalle.

„Laut ihrer Mitgliedskarte geht sie da jeden Samstag von drei bis um vier Uhr zum Schwimmen. Sie bereitet sich derzeit auf ein Turnier vor und wenn ich mich nicht irre, ist diese Frau ziemlich ehrgeizig. Sie wird keine Trainingseinheit ausfallen lassen.“

„Aber sie war doch diese Woche krankgeschrieben“, werfe ich ein.

„Ja aber nur bis zum Freitag. Also rein rechtlich spricht nichts gegen ihre Trainingseinheit.“

Als wir auf dem Parkplatz vor dem Schwimmbad ankommen, bleiben wir sitzen und warten geduldig auf Frau Seyers Ankunft. Sebastian hat diese Frau wirklich von Kopf bis Fuß durchleuchtet und nicht aufgegeben bis er auf ihre regelmäßigen Schwimmbadbesuche gekommen ist. Ich gebe zu, dass ich tatsächlich etwas beeindruckt bin.

„Das ist ihr Wagen“, sagt er plötzlich und wir beide rutschen instinktiv in den Sitzen nach unten, um nicht gesehen zu werden.

Tatsächlich betritt sie mit einer Badetasche das Gebäude. Ich werfe Sebastian einen erfreuten Blick zu, während er triumphierend nickt.

„Sollte sie Kratzer an ihrem Körper haben, dann werden wir sie gleich sehen."

An der Kasse zeigen wir unsere Dienstausweise und verschaffen uns somit Zutritt zum Schwimmbad. Normalerweise beginnt ab den Umkleiden der Barfußbereich, doch in unserem Fall machen sie heute mal eine Ausnahme.

Wir sehen wie Frau Seyer die Umkleidekabine verlässt und sofort scanne ich ihren Körper nach Verletzungen ab. Auf den ersten Blick ist sie unversehrt, um dies jedoch klar festzustellen, müssten wir näher an sie ran.

Wenn wir sie jetzt jedoch auf uns aufmerksam machen, wäre sie gewarnt und würde alles dafür tun, um mögliche Beweise vor uns zu verbergen. Ich zücke mein Handy und mache noch schnell ein paar Fotos von ihr, bevor sie kopfüber ins Becken springt.

Während sie ihre Bahnen zieht, sehen Sebastian und ich uns die Bilder genauer an. Ich zoome ins Bild und vergrößere den Bereich ihres Oberkörpers. Doch weder an den Armen, noch am Hals oder sonst irgendwo kann man Kratzspuren erkennen.

„Da ist nichts, verdammt", knurre ich.

„Scroll mal runter zu den Beinen!"

„Wie sollen denn da die Kratzer hinkommen?“, frage ich vorwurfsvoll, komme aber dennoch seiner Aufforderung nach.

An ihrem Knöchel entdecke ich tatsächlich eine Auffälligkeit. Ich vergrößere den Bildausschnitt und tausche mit Sebastian einen Blick. Dort sind tatsächlich kleine Verletzungen, die wie Kratzspuren aussehen.

„Könnten die womöglich vom Opfer stammen?“

Zweifelnd sieht er auf das Display und nimmt mir das Telefon aus der Hand, um es nahe an sein Gesicht zu halten.

„Ich weiß es nicht“, murmelt er. „An der Stelle ist doch normalerweise der Stoff der Hose drüber.“

„Nicht unbedingt. Schmal geschnittene Hosen hören oft schon vor dem Knöchel auf. Man trägt sie gerne zu High Heels oder Pumps, was ja auch sehr gut zu Frau Seyer passen würde.“

„Aber wie hätte das Opfer sie denn da unten an den Füßen kratzen sollen?“

„Weißt du was? Wir fragen sie einfach!“, schlage ich entschlossen vor. „Vielleicht wird sie ja nervös und es rutscht ihr ein Hinweis raus oder sie verwickelt sich in Ungereimtheiten. Beides könnte uns einen Schritt näher an einen offiziellen DNA-Abgleich bringen.“

Das Wort offiziell betone ich besonders, was Sebastian seufzen lässt.

„Also gut, dann konfrontieren wir sie direkt“, stimmt er schließlich zu.

Wir verlassen die Umkleide und betreten die Schwimmhalle. Dort sehen wir zu, wie Frau Seyer ihre Bahn zieht, denn so schwimmt sie mit dem Rücken uns zugewandt. Erst als sie umdreht und auf uns zu schwimmt bemerkt sie uns.

Ihre Miene ändert sich und wirkt nun angespannt und nervös. Ihre Freude hält sich auch bei diesem Besuch in Grenzen. Als sie bei uns ankommt, macht Sebastian einen Schritt auf den Rand des Beckens zu.

„Stalken Sie mich?“, fragt sie ihn vorwurfsvoll und wirft mir einen abfälligen Blick zu.

„Wir müssen nochmal mit Ihnen reden. Würden Sie bitte aus dem Becken kommen?“, entgegnet Sebastian unbeeindruckt.

„Wenn es unbedingt sein muss“, antwortet sie sichtlich genervt.

Sie schwimmt zur Leiter und steigt daran hoch. Als sie den rechten Fuß über den Wannenrand setzt, heftet sich mein Blick darauf.

„Was haben Sie sich denn da getan?“, frage ich geradeheraus.

Sie folgt meinem Blick und dreht ihr Bein etwas zur Seite, um die Verletzung besser betrachten zu können. Ich beobachte genau ihre Reaktion und warte auf einen ertappten Gesichtsausdruck. Stattdessen sieht sie mit völlig neutraler Miene auf.

„Ach, das habe ich mir beim Training zugezogen“, antwortet sie.

„Beim Schwimmen?“, frage ich irritiert.

„Nein, Lisa und ich haben einen Selbstverteidigungskurs gemacht und da hat sie mir diese Kratzer und ein paar blaue Flecken verpasst. Aber keine Sorge, ich hatte mich auch nicht zurückgehalten.“

Ungläubig starre ich sie an und bin für den Moment sprachlos.

„Sie hatten den Kurs mit Lisa Kramer gemacht?“, fragt nun Sebastian, der seine Sprachlosigkeit offensichtlich schon wieder überwinden konnte.

„Ja, wir haben uns gemeinsam dort angemeldet.“

„Wann waren die Termine?“, frage ich nach.

„Er fand dreimal statt. Immer sonntags Nachmittag für eine Stunde. Letzten Sonntag war der letzte Termin.“

„Das bedeutet, Sie waren mit Lisa Kramen am Tag ihres Todes zusammen?“, hakt Sebastian nach.

„Ja und beim Kampf hat sie mich auf die Matte gelegt und mir dabei aus Versehen diese Kratzer zugefügt.“

„Warum haben Sie uns das nicht erzählt?“, frage ich vorwurfsvoll.

„Ich dachte nicht, dass es wichtig wäre“, entgegnet sie schulterzuckend.

„Kann das jemand bestätigen?“, fragt Sebastian nach.

„Klar, alle anderen Kursteilnehmerinnen und auch der Leiter.“

Ich zücke mein Handy und speichere mir den Namen der Kampfsportschule ein, den Frau Seyer mir nennt.

„Kann ich dann jetzt wieder weitertrainieren?“, fragt sie vorwurfsvoll.

„Natürlich“, entgegnet Sebastian.

„Ach, eine Frage hätte ich noch?“, rufe ich, bevor sie wieder ins Wasser springt.

Mit rollenden Augen dreht sie sich wieder zu uns um und stoßt angespannt den Atem aus.

„Was denn noch?“

„Warum waren Sie diese Woche krankgeschrieben? Ich meine, sie können ja schon wieder trainieren.“

„Es geht Sie zwar nichts an, aber ich hatte Rückenprobleme und konnte mich nur mit Schmerzmitteln durch den Tag schleppen. Mein Arzt hat jedoch gemeint, dass schwimmen für die Genesung förderlich sei.“

Sie funkelt mich finster an.

„Okay danke! Wir melden uns, falls wir noch Fragen haben“, sagt Sebastian, während ich mir mit der Frau ein Todesblick-Duell liefere.

14. Kapitel

18. Oktober, nachmittags halb zwei in Oberhunding

„Jetzt wenn´s ihr nicht bald kommts, dann brauchen wir erst gar nicht mehr fahren!“, rufe ich durch das Treppenhaus nach oben.

Die Oma erscheint als erstes auf der Treppe und schiebt gerade noch ihr Gebiss in den Mund. Heute ist Herbstmarkt und verkaufsoffener Sonntag in Passau. Ich bereue den Vorschlag, dorthin zu fahren, bereits. Jetzt kann ich mir den Rest des Sonntags die Füße zulaufen und mit der Oma und der Mama jeden einzelnen Stand begutachten.

„Ich komm ja eh schon!“, ruft die Mama, als sie endlich ebenfalls auf der Treppe erscheint.

„Na endlich“, stöhne ich und wende mich zur Tür.

Michi steht im Türrahmen der Küche und grinst verschmitzt. Er amüsiert sich prächtig darüber, dass ich für die beiden heute Nachmittag Chauffeurin und vermutlich auch Tütenträgerin spielen darf. Die Oma ist dafür bekannt, dass sie auf solchen Märkten an jedem Stand ein Teil kaufen muss und die Mama nutzt es gerne aus, wenn sie die Gelegenheit bekommt in Passau shoppen zu gehen.

„Viel Spaß!“, ruft mein Bruder uns zu, als wir das Haus verlassen.

Ich erspare mir den vorwurfsvollen Blick in seine Richtung, der sowieso nur mit einem schadenfrohen Grinsen gekontert werden würde. Darauf kann ich gerne verzichten. Ich mache mir mit der Mama und der Oma einfach einen schönen Tag.

„In der Speis steht noch der Rest vom Zwetschgendatschi, und eine Kanne Kaffee hab ich euch auch schon aufgebrüht. Er steht in der Thermoskanne auf dem Esstisch“, sagt die Mama zum Michi.

„Als ob die beiden sich nicht selbst einen Kaffee kochen könnten“, murmle ich auf dem Weg zum Wagen.

Die Oma wirft mir einen gleichgültigen Blick zu und zuckt mit den Schultern.

„Eure Mutter hat euch alle viel zu stark verwöhnt. Kein Wunder, dass dein Vater und der Bua nicht einmal Kaffee kochen können.“

Als wir das Auto auf dem Parkplatz abstellen wird mir klar, dass wir bei weitem nicht die einzigen sind, die diesen Sonntagnachmittag in der Stadt verbringen wollen. Wir steigen aus und beschließen zuerst eine Runde durch den Herbstmarkt zu drehen. Bei den ersten Ständen angekommen stehen wir inmitten einer Menschenmenge.

„Mein Gott, geht´s da zu!“, ruft die Mama.

„Grad schön“, entgegnet die Oma zufrieden.

Sie mag es, sich zwischen den Menschenmassen hindurch zu drängen und fängt auch gleich damit an ihre Ellbogen einzusetzen. Mit der Mama im Schlepptau versuche ich an ihr dran zu bleiben. Für eine alte Frau kann sie sich ziemlich gut durchsetzen. Meine Oma ist zwar nicht sehr groß und hat auch eine eher hagere Figur, doch sie versteht es sich durchzuschlängeln.

Sie steuert auf einen Stand zu, der verschiedene Liköre anbietet. Ich bleibe mit etwas Abstand stehen, während meine Mama sich ebenfalls bis ganz nach vorne durchdrängelt. Schmunzelnd sehe ich dabei zu, wie sie die verschiedenen Sorten ausgiebig kosten, bevor die Verkäuferin ihr eine Tüte überreicht, deren Inhalt sicherlich mehrere Flaschen von dem Alkohol beinhaltet.

Bevor sie sich zum nächsten Stand weiterdrängen, überreicht die Oma mir die Tüte. Ich bin nicht nur als Chauffeur angestellt, sondern auch als Packesel. Geduldig folge ich den beiden durch den ganzen Markt und als wir den Rundgang beinahe beendet haben, bin ich vollbepackt mit Tüten und Schachteln, während die Mama und die Oma leicht beschwipst torkeln. Glücklicherweise können sie in diesem Gedränge nicht umfallen.

„Ja Sebastian, das ist ja schön, dass wir dich hier treffen“, ruft die Mama plötzlich.

Überrascht schnellt mein Kopf hoch und tatsächlich steht er vor uns. Das ist doch nicht möglich. Kann man denn gar nirgends hingehen, ohne dem Kerl über den Weg zu laufen?

Er ist nicht alleine, sondern wird von einer jungen, recht hübschen Frau begleitet. Außerdem bin ich nicht die einzige, die mit Tüten vollbepackt ist. Auch er schleppt eine Menge davon mit sich.

„Hallo, ich bin Sebastians Freundin Regina“, sagt seine Begleiterin und streckt meiner Mama ihre Hand entgegen.

Überrascht sehe ich ihn an, denn so wie es sich angehört hatte, waren die beiden von einer Beziehung weit entfernt. Offensichtlich hat sich das allerdings geändert. Als ich jedoch Sebastians Miene sehe, verkneife ich mir ein Schmunzeln, denn so wie es aussieht, teilt er ihre Meinung keinesfalls.

Er rollt mit den Augen, während sie sich mit meiner Mama und der Oma ausgiebig über die verschiedenen Köstlichkeiten unterhält, die der Markt zu bieten hat.

„Sie ist nett“, sage ich zu ihm, während wir etwas abseits der drei stehen.

„Mhm“, murmelt er wenig erfreut.

„Offensichtlich bin ich nicht der einzige Packesel heute“, witzle ich und hebe die Tüten an.

„Du trägst wenigstens deine eigenen Einkäufe. Mir gehört nichts von diesem Zeug“, erwidert er mürrisch und deutet mit dem Kinn auf die Tüten in seiner Hand.

„Dann teilen wir das gleiche Schicksal. Mir gehört auch nichts davon. Die Mama und die Oma haben zugeschlagen."

„Auch bei den Handschuhen, Schals und unendlich vielem unnützen Dekozeugs?"

„Nein, mehr so Hochprozentiges, Honig und noch viele andere Leckereien", antworte ich ihm.

Er seufzt leise, bevor er mich beinahe neidisch ansieht.

„Sowas würde ich ja mit Freunden nach Hause tragen. Aber das hier."

Erneut deutet er auf seine Tüten.

„Ist da denn gar nichts Essbares drin?", frage ich bedauernd.

„Nein, Regina meint, das ist alles zu ungesund. Sie ist seit Neustem Veganerin."

Ohne Erfolg versuche ich ein Lachen zurückzuhalten. Doch Sebastians leidende Miene lässt dies unmöglich zu. Ein spitzer Laut der Belustigung entkommt mir, was Regina dazu veranlasst zu uns zu sehen.

Ich presse meine Lippen fest aufeinander, als ich ihren vernichtenden Blick wahrnehme. Gerade noch war sie die Freundlichkeit in Person, während sie sich mit meiner Familie ausgetauscht hat und jetzt starrt mich das pure Böse aus ihren Augen an.

„Oh, oh! Sie sieht wütend aus", flüstere ich Sebastian zu.

„Sie ist harmlos“, entgegnet er. „Hoffe ich jedenfalls.“

Die harmlose Regina steuert geradewegs auf uns zu und sie fixiert mich mit ihrem finsteren Blick. Knapp vor uns bleibt sie stehen und als sie von hinten von einem Kerl angerempelt wird, faucht sie ihn unfreundlich an.

Mit dieser Frau ist nicht gut Kirschen essen. Vielleicht ist sie jedoch auch gerade aus diesem Grund die perfekte Frau für Sebastian.

„Du bist also die Huber Franzi“, sagt sie mit einem gezwungenen Lächeln.

„Genau, Sebastians Arbeitskollegin“, nicke ich freundlich und hoffe nicht gleich die Taschen fallen lassen zu müssen, um mich gegen einen Übergriff von ihr zur Wehr zu setzen.

Sie sieht nämlich definitiv so aus, als wolle sie mir an die Gurgel gehen.

„Und ich bin Regina“, entgegnet sie mit funkelnden Augen. „Sebastians Freundin.“

Sie sagt es, als müsse sie mir damit klarmachen, dass ich meine Hände von ihrem Freund lassen soll. Dabei habe ich dies nicht im Entferntesten im Sinn. Da muss sie sich wirklich keine Sorgen machen. Sebastian und ich, das ist wie Feuer und Eis. Das passt einfach nicht.

„Er hat mir schon so viel von dir erzählt. Es freut mich dich endlich kennenzulernen.“

Natürlich ist es eine Lüge, doch ich bin mir sicher, dass ich somit ihre Wut auf mich dämpfen kann und Sebastian noch weiter in seine Beziehung reinreite, was mich ganz besonders amüsiert. Es ist nicht zu übersehen, dass er sich unwohl fühlt. Ich kenne ihn und weiß, dass er eher flatterhaft ist, was seine Frauenbekanntschaften betrifft.

Diese Regina allerdings, stellt sich wohl als überaus hartnäckig heraus. Ich gönne es ihm, denn bei dem Verschleiß, den er an den Tag legt, schadet es ihm wirklich nicht, mal mit einem seiner Aufrisse so richtig auf die Fresse zu fallen.

„Wirklich?“, fragt sie und ihre Miene erhellt sich augenblicklich.

Sie hakt sich bei Sebastian unter und schmiegt sich an ihn.

15. Kapitel

19. Oktober, morgens halb zehn in Passau

„Okay, Frau Seyer hat also nicht gelogen. Sie war tatsächlich mit dem Opfer in diesem Selbstverteidigungskurs. Also hat sie die Wahrheit gesagt und ich hätte mir den ganzen Aufwand mit dem heimlichen DNA-Test sparen können."

„Wir finden schon noch den wahren Täter", entgegnet Sebastian.

Ich schüttle seufzend den Kopf.

„Dabei war ich mir so verdammt sicher, dass sie für Lisas Tod verantwortlich ist."

Wir stehen wieder ganz am Anfang und haben nicht den Hauch eines Hinweises, wie der Abend wirklich verlaufen ist. Es ist so zermürbend keinen Schritt weiterzukommen. Vor allem wenn es sich um ein so junges Opfer handelt.

Stöhnend lehne ich mich in meinem Stuhl zurück.

„Ich brauche einen Kaffee. Soll ich dir auch einen mitbringen?"

„Ja, das ist eine gute Idee", stimmt er zu, als ich aufstehe.

Während ich die Kaffeetassen fülle, kreisen meine Gedanken um den Mordfall. Auch wenn diese Frau Seyer für alles eine Erklärung hat, werde ich das

Gefühl nicht los, dass sie trotzdem etwas mit dem Mord zu tun hat. Natürlich gibt es keinen Grund mehr sie weiter zu verdächtigen. Doch da sind noch die Schuhe. Die großen Frauenschuhabdrücke, die am Tatort gefunden wurden. Unter den gegebenen Umständen bekommen wir jedoch keinen Durchsuchungsbefehl. Immerhin hat sie ein wasserdichtes Alibi und es gibt auch sonst keinen Hinweis, dass sie etwas damit zu tun hat.

Als ich mit dem Kaffee zurück bin und Sebastians Tasse vor ihm abstelle, sieht er mich mit einer Miene an, die zeigt, dass auch er keine Idee mehr hat, wie wir den Täter finden könnten. Doch aufgeben stand noch nie auf meinem Plan und damit werde ich jetzt auch ganz sicher nicht anfangen.

Ich ergreife das Telefon und rufe bei der Firma an, die diese Selbstverteidigungskurse anbietet. Dort lasse ich mich mit dem Kursleiter verbinden, der bestätigt hat, dass Frau Seyer und Frau Kramer am Sonntag bei ihnen waren. Nach einer kurzen Vorstellung komme ich gleich auf den Punkt.

„Entschuldigen Sie bitte, dass ich sie erneut stören muss, aber könnten Sie mir bitte eine Liste zusammenstellen, auf der alle Teilnehmerinnen verzeichnet sind, die am Sonntag in Ihrem Kurs anwesend waren?“

„Ich kann Ihnen die Namen auch gleich telefonisch durchgeben. Es sind nicht so viele, denn ich nehme immer nur sechs Personen in einen Kurs“, antwortet er.

„Na dann, legen sie los, ich schreibe mit!“

Nachdem ich das Gespräch beendet habe, sieht Sebastian mich fragend an.

„Was hast du vor?“

„Wir rufen jetzt diese vier Frauen an und fragen sie, ob ihnen etwas Ungewöhnliches aufgefallen ist. Vielleicht hat Lisa Kramer sich ja einer von ihnen anvertraut. Immerhin fällt es manchmal leichter Probleme und Sorgen mit einem Fremden zu teilen, als mit dem engeren Umfeld.“

„Okay, dann rufe ich auch zwei davon an“, schlägt er vor.

Ich suche die Telefonnummern der Frauen heraus und übergebe Sebastian anschließend zwei davon. Sofort macht er sich an die Arbeit und wählt die erste Nummer. Ich tue es ihm gleich und kurze Zeit später habe ich die erste Frau am Telefon.

Es dauert eine Weile bis ich ihr erläutert habe, worum es geht. Sie erinnert sich zwar an Frau Seyer und das Opfer, hatte aber mit beiden kaum Kontakt. Auch Sebastians Anruf blieb ohne Erfolg und so versuchen wir es weiter.

Mein nächster Anruf wird schnell angenommen und als ich der Frau erkläre, um wen es geht, weiß sie sofort, wen ich meine.

„Ich erinnere mich an die beiden“, sagt sie sofort. „Sie sind nach dem Kurs noch auf dem Parkplatz zusammengestanden. Erst dachte ich, sie würden diskutieren, doch da ich auf dem Weg zu meinem Auto bei ihnen vorbeikam, habe ich einen Streit mitbekommen."

„Wissen Sie worum es bei dem Streit ging?", frage ich hellhörig.

„Es musste etwas mit der Arbeit zu tun haben, weil Chiara irgendwas von einem Kunden gesagt hat und einem Auftrag, den sie wohl an Land gezogen hat. Allerdings hat sie Lisa vorgeworfen, dafür die Lorbeeren eingeheimst zu haben."

Ich werde hellhörig, denn endlich gibt es etwas, was vielleicht für ein Motiv reichen könnte.

„Wissen Sie noch wie die beiden nach dem Streit auseinandergegangen sind?", hake ich nach.

„Nein, ich wollte nicht lauschen. Also bin ich in meinen Wagen gestiegen und nach Hause gefahren. Aber Chiara war sehr wütend."

„Okay, vielen Dank für Ihre Hilfe. Ich schicke noch einen Kollegen bei Ihnen vorbei, der die Aussage noch schriftlich aufnimmt. Ist das okay?"

„Natürlich, ich bin heute den ganzen Tag zu Hause."

Als ich den Hörer auflege, sieht Sebastian mich neugierig an. Er hat sein zweites Gespräch längst beendet, was wohl bedeutet, dass er nichts Hilfreiches herausgefunden hat. Im Gegensatz zu mir!

„Du hast was", stellt er fest.

„Ja, Frau Seyer hatte offensichtlich nach dem Kurs noch einen Streit mit dem Opfer. Sie hat ihr vorgeworfen für etwas das Lob eingeheimst zu haben das eigentlich Frau Seyer verdient hatte.“

„Dann hat die Frau ein Motiv.“

Er richtet sich in seinem Stuhl auf, legt seine Unterarme auf der Tischplatte ab und sieht mich triumphierend an. Mit einem Motiv bekommen wir vielleicht einen Durchsuchungsbefehl und dann könnten wir ihre Schuhe nach Erdspuren vom Tatort untersuchen.

„Ich schicke sofort jemanden zu ihr!“, sage ich und nehme den Hörer ab.

„Und ich werde uns einen Durchsuchungsbefehl besorgen“, entgegnet Sebastian und wählt ebenfalls eine Nummer.

„Okay, wenn die Aussage der Zeugin vorliegt, stellt uns die Richterin einen Durchsuchungsbefehl aus. Das hat mich ganz schön viel Überredungskünste gekostet.“

„Die Kollegin fährt gleich bei der Zeugin vorbei und nimmt die Aussage auf. Bis heute Mittag sollten wir es der Richterin vorlegen können.“

„Dann fahren wir morgen früh gleich mit einem Team zu ihr und stellen ihren Schuhschrank auf den Kopf“, entgegnet Sebastian zufrieden.

„Wir kriegen sie“, murmle ich entschlossen.

„Und ich rufe jetzt gleich noch ihren Chef an, ob das Opfer vor kurzem einen Kunden gewinnen konnte und wie es genau abgelaufen ist.“

„Stell auf Lautsprecher, damit ich zuhören kann!“

Der Chef des Opfers ist gerade in einer Besprechung. Doch es dauert nicht lange, bis er uns zurückruft. Sebastian befragt ihn zu der Beobachtung der Zeugin und tatsächlich hat Lisa Kramer einen dicken Fisch als Kunden an Land gezogen. Dafür sollte sie befördert werden. Allerdings weiß er nichts davon, dass Frau Seyer ebenfalls mit dem Kunden Kontakt hatte und dass es deswegen unter den Frauen Streit gab.

„Langsam entschlüsselt sich das Rätsel um den schrecklichen Tod des Opfers“, sage ich, nachdem Sebastian das Gespräch beendet hat.

„Ja, wird langsam auch Zeit. Mit dieser Information kann ich der Richterin noch weitere Gründe für die Ausstellung des Durchsuchungsbefehls vorlegen. Damit sollte sie sich zufriedengeben.“

16. Kapitel

20. Oktober, morgens halb acht in Passau

„Wir haben ihn!“, wedelt Sebastian triumphierend mit einem Blatt Papier, als ich das Büro betrete.

Das frühe Aufstehen hat sich heute also gelohnt.

„Dann lass uns gleich hinfahren! Wenn wir Glück haben, treffen wir sie noch zu Hause an“, entgegne ich voller Tatendrang.

Ich kann spüren, dass wir auf dem richtigen Weg sind und heute fündig werden. Wenn wir die Erde vom Tatort auf einem ihrer Schuhe nachweisen können, dann ist sie sowas von fällig. Da wird ihr auch keine passende Ausrede mehr helfen, um den Kopf aus der Schlinge zu ziehen.

„Das Team ist schon bereit. Wir können gleich los!“

Sebastian springt auf, zieht seine Jacke über und wir verlassen euphorisch das Büro. Gerade als wir an der Wohnungstür von Frau Seyer ankommen, ist sie im Begriff das Haus zu verlassen. Vermutlich um zur Arbeit zu gehen.

Als sie uns sieht, rollt sie genervt mit den Augen. Wenn sie wüsste, dass wir sie gleich noch viel mehr nerven.

„Guten Morgen Frau Seyer. Wir müssen Ihre Zeit leider noch für eine Weile beanspruchen!“, rufe ich ihr zu.

„Das geht jetzt nicht. Ich muss zur Arbeit“, entgegnet sie vorwurfsvoll.

„Das wird wohl noch eine Weile warten müssen. Wir haben hier einen Durchsuchungsbefehl für Ihre Wohnung“, sagt Sebastian und ich kann die Genugtuung in seiner Stimme hören.

„Was?“, ruft sie beinahe entsetzt. „Das kann doch wohl nicht Ihr Ernst sein!“

Sebastian hält ihr das Blatt Papier unter die Nase, welches glücklicherweise von der Richterin gestern Nachmittag noch unterschrieben wurde.

„Doch, es ist unser voller Ernst. Wir haben eine Zeugin, die einen Streit zwischen Lisa und Ihnen mitbekommen hat. Offensichtlich haben Sie ihr vorgeworfen, dass sie Ihnen einen Kunden weggeschnappt hat.“

Bei meinen Worten verengen sich ihre Augenbrauen und sie verschränkt die Arme vor der Brust.

„Ja, es war mein Kunde und ich habe den Deal eingefädelt. Lisa hat es aber so hingedreht, dass sie den Vertrag mit ihm abgeschlossen hat. Aber deswegen bringe ich sie doch nicht um.“

„Das werden wir herausfinden“, entgegne ich. „Würden Sie uns jetzt bitte in ihre Wohnung lassen, damit wir unsere Arbeit machen können?“

Sie funkelt mich wütend an und presst ihre Lippen fest aufeinander. Sebastian lässt den Durchsuchungsbefehl nochmal vor ihrer Nase baumeln, was sie schließlich dazu bringt einzulenken. Mit einem genervten Stöhnen wirbelt sie herum und sperrt die Türe auf.

Anschließend bittet sie uns mit einer Geste in die Wohnung, während sie finster dreinschaut. Mit verschränkten Armen sieht sie dabei zu, wie wir alle Räume absuchen und dabei sämtliche Schuhe eintüten, die zu den Abdrücken passen könnten, welche wir am Tatort gefunden haben. Selbst von den Schuhschränken nehmen die Kollegen Proben, um eventuell etwas Erde zu finden, die Frau Seyer als Täterin überführen könnten.

Mit Argusaugen beobachtet sie uns, während sich ihre Laune zusehends verschlechtert. Auf dem Tiefpunkt kommt sie schließlich an, als Sebastian sie bittet uns die Schuhe zu übergeben, die sie gerade trägt, denn auch diese passen ins Profil.

„Das ist nicht Ihr Ernst?“, fragt sie empört.

„Es tut mir leid, aber wir müssen auch diese untersuchen“, entgegnet er schulterzuckend.

Dabei macht er eine Miene des Bedauerns, obwohl ich mir ziemlich sicher bin, dass ihn die Situation amüsiert. Er liebt es Täter zu überführen und ihnen die gerechte Strafe zukommen zu lassen. Da können auch so liebreizende Tussis, wie es Frau Seyer eine ist, nichts ändern. Wenn er erstmal die Spur aufgenommen hat, lässt Sebastian sich nicht mehr um den Finger wickeln.

„Und welche soll ich dann bitteschön heute zur Arbeit anziehen?“, fragt sie vorwurfsvoll.

Sebastian deutet mit dem Kinn auf den kleinen Haufen Schuhe, die von den Kollegen untersucht wurden. Diese passen nicht zu den Abdrücken und können bei Frau Seyer bleiben. Allerdings handelt es sich dabei ausschließlich um Turnschuhe und Hausschuhe. Eben nur solche, ohne Absatz, da alle anderen im Labor genau mit den Abdrücken vom Tatort abgeglichen werden.

„Sie können sich ein Paar davon raussuchen“, schlägt er großzügig vor.

„Soll das ein Witz sein?“, fragt sie grimmig.

Ich gebe zu, dass kein Paar dieser Schuhe auch nur annähernd zu dem Business Outfit passt, das Frau Seyer gerade trägt. Alleine die Vorstellung, wie sie pinke Laufschuhe zu dem schwarzen Kostüm trägt, amüsiert mich. So würde sie alle Aufmerksamkeit auf sich ziehen.

Schnaubend zieht sie ihr Handy aus der Tasche und tätigt einen Anruf.

„Es tut mir leid, aber ich habe einen privaten Notfall und brauche heute einen Tag Urlaub.“

Offensichtlich telefoniert sie mit ihrem Chef und verschweigt diesem, dass die Polizei gerade ihre Wohnung auf den Kopf stellt.

„Ja klar, morgen bin ich wieder da“, beteuert sie, bevor sie das Gespräch beendet.

Sie wirft uns einen grimmigen Blick zu.

„Vorausgesetzt ich habe bis dahin wieder passende Schuhe gefunden“, murmelt sie, während sie ihr Telefon wieder in der Tasche verstaut.

Ich gehe nach oben ins Schlafzimmer, wo gerade zwei Kollegen den Schrank durchsuchen. Ganz hinten, versteckt unter der Bettwäsche befindet sich ein Schuhkarton, der gerade zum Vorschein kommt. Der Kollege öffnet den Deckel und darin befindet sich ein Paar schwarze Wildleder High Heels. Bei genauerem betrachten fällt der Schatten auf den beiden Wildlederabsätzen auf. Es wäre gut möglich, dass dies Wasserränder sind. Diese wiederum könnten davon stammen, dass die Absätze in feuchte Erde eingesunken sind und sie anschließend notdürftig gesäubert wurden.

„Das könnten sie sein oder?“, frage ich den Kollegen der Spurensicherung, der die Schuhe ausgiebig betrachtet.

„Wäre möglich“, nickt er nachdenklich. „Sicher wissen wir es aber erst nach der Untersuchung.“

Er schließt den Deckel und steckt die ganze Schuhschachtel samt Inhalt in eine Tüte. Sonst können wir im Obergeschoss keine weiteren Schuhe mehr finden. Als wir die Durchsuchung beenden und das Haus verlassen, fällt Frau Seyers Blick auf die Schuhschachtel aus ihrem Schrank.

„Was wollen Sie denn damit? Die habe ich schon ewig im Schrank und nicht im Gebrauch“, ruft sie überrascht.

Ich bin nicht sicher, ob es wirklich Überraschung ist, die ich in ihrer Miene sehe oder sie vielmehr Angst davor hat, dass die Schuhe sie überführen.

„Keine Sorge, wenn wir nichts finden bekommen Sie alle Schuhe unversehrt wieder zurück. Einschließlich diese hier“, entgegne ich und helfe den Kollegen beim Verstauen der sichergestellten Schuhe.

Sie sieht mich aus zusammengekniffenen Augen wütend an und ich glaube fast, dass sie mich im Moment am liebsten umbringen würde. Vielleicht sollte ich mich besser vorsehen, nicht dass ich auch noch zu ihrem Opfer werde.

Auf dem Weg zurück wirft Sebastian mir einen hoffnungsvollen Blick zu.

„Denkst du wir finden was?“, fragt er zögerlich.

„Ich bin guter Hoffnung“, entgegne ich entschlossen und denke an die Schuhschachtel mit den schwarzen Wildleder High Heels.

17. Kapitel

21. Oktober, morgens halb neun in Passau

„Und, ist der Bericht der Forensik schon da?“, frage ich, als ich die Tür zum Büro öffne.

„Ich wünsche dir auch einen Guten Morgen“, antwortet Sebastian grinsend.

Ich rolle mit den Augen und murmle eine knappe Begrüßung. Anschließend stürze ich zu meinem Computer und schalte ihn ein. Leider dauert es eine Weile bis er hochgefahren ist und ich kann es nicht erwarten.

„Jetzt sag schon!“, fordere ich Sebastian erneut auf.

„Volltreffer“, sagt er schließlich und man sieht ihm die Genugtuung deutlich an.

„Die schwarzen Wildleder Schuhe, habe ich recht?“, frage ich neugierig.

„Genau die!“

„Ich wusste es!“, triumphiere ich und balle meine Hand zur Faust.

„Die Kollegen sind schon auf dem Weg zu ihr, um sie festzunehmen und herzubringen.“

„Sehr gut, dann werden wir dieser Tussi mal gewaltig auf den Zahn fühlen und ihr ein Geständnis entlocken.“

„Wenn uns das gelingt, gebe ich heute Abend einen aus“, entgegnet Sebastian.

„Brauchst du etwa wieder einen Grund, um nicht zu Regina fahren zu müssen?“, frage ich amüsiert.

„Ach, hör mir bloß auf. Ich habe versucht mit ihr Schluss zu machen, aber sie will es einfach nicht verstehen. Deine Aussage auf dem Herbstmarkt war nicht gerade hilfreich.“

„Du wirst mir doch jetzt nicht die Schuld in die Schuhe schieben. Sag ihr doch einfach klipp und klar, dass es vorbei ist und hör auf immer um den heißen Brei herumzureden!“

„Das habe ich doch schon“, entgegnet er beinahe verzweifelt. „Ich habe ihr ja gesagt, dass ich nicht das für sie empfinde, was sie sich erhofft und dass es besser ist getrennte Wege zu gehen.“

„Und was hat sie darauf gesagt?“, frage ich neugierig, als er nicht weiterspricht und dadurch den Höhepunkt auslässt.

„Sie hat mich um einen Zweitschlüssel zu meinem Haus gebeten, damit sie gleich nach der Arbeit zu mir fahren kann, um das Essen vorzubereiten.“

Ich runzle die Stirn und sehe ihn ungläubig an. Wie ist die denn drauf?

Entweder Sebastian lügt und er hat keine klaren Worte ausgesprochen oder Regina blendet die Wahrheit aus und ignoriert sie einfach.

„Das kann ich mir nicht vorstellen“, entgegne ich kopfschüttelnd.

Welche Frau würde so reagieren?

Wenn ich von einem Typen abserviert werde, habe ich genug Stolz, um ihm für immer den Rücken zu kehren. Dem Kerl würde ich ganz sicher nicht anbieten für ihn zu kochen. Okay, mit meinen Kochkünsten könnte ich vermutlich auch nicht unbedingt einen Kerl beeindrucken. Dennoch könnte mich so ein Arsch genau an eben solchem lecken.

„Ich verzweifle langsam wirklich. So hartnäckig war bisher noch keine“, murmelt er niedergeschlagen.

„Ach, du Armer“, sage ich mit gespieltem Mitgefühl. „Eigentlich hast du es ja gar nicht anders verdient. Aber langsam wird diese Frau mir schon suspekt.“

Wenn Sebastian nicht aufpasst entwickelt sich diese Regina noch zu einer psychopatischen Stalkerin. Auch wenn der Kerl manchmal unerträglich ist und ihm aufgrund seines Frauenverschleißes mal eine kleine Abreibung nicht schaden würde, hat er diese Bissgurke nicht verdient.

„Ich sage dir, die hat sie nicht mehr alle. Sie spricht von Heiraten und Kinder kriegen, während ich von Trennung rede. Das ist doch nicht normal oder?“

Er wirkt aufgebracht und beinahe etwas verzweifelt. Einerseits kann ich ein bisschen Schadenfreude nicht abstreiten, doch andererseits tut er mir auch ein bisschen leid. Eigentlich ist er kein schlechter Mensch, wenn auch ab und an etwas sehr nervig und anstrengend.

„Soll ich mal mit ihr reden?“, frage ich zögerlich, denn die Vorstellung widerstrebt mir eigentlich.

Regina ist nicht unbedingt ein Mensch, den ich als sympathisch betiteln würde. Zumindest mir ist sie alles andere als das. Daher kann ich auch sehr gut verstehen, dass Sebastian sie loswerden möchten.

Allerdings hat er sich diese Suppe auch selbst eingebrockt und sollte sie eigentlich auch selbst auslöffeln. Aber was tut man nicht alles für einen Kollegen. Ich bin einfach zu gut für diese Welt.

„Ich weiß nicht so recht, ob ich das von dir verlangen kann. Dass wir beide zusammenarbeiten gefällt ihr sowieso schon nicht. Wenn du es jetzt noch bist, die meinen Trennungswunsch überbringt, wird sie dich hassen. Und irgendwas sagt mir, dass es nicht gut wäre, von Regina gehasst zu werden.“

„Ach jetzt komm schon! Du tust ja beinahe so, als wäre sie eine irre Psychopathin, die ausflippt, wenn man ihr schlechte Nachrichten überbringt.“

„Ich fürchte sie gehört nicht zu der Sorte Mensch, die ausflippt. Vielmehr wirkt sie, als würde sowas in ihr brodeln und sie zu Hinterlist anstiften.“

„Machst du dir etwa Sorgen, sie könnte mir etwas antun?“, frage ich amüsiert.

„Na ja, man weiß ja nie, wozu Frauen so in der Lage sind. Das siehst du ja an der Frau Seyer.“

„Keine Sorge, ich weiß mich schon zu wehren. Also wenn du Regina wirklich loswerden willst und sie auf klare Aussagen nicht reagiert, dann fällt mir schon was ein."

„Hast du etwa schon einen Plan?", fragt er hellhörig.

„Nein, dazu brauche ich keinen Plan. Ich mache das eher spontan", grinse ich durchtrieben.

Nicht, dass mir die Vorstellung einer anderen Frau wehzutun Freude bereiten würde, doch in diesem Fall finde ich, dass Regina eine klare Ansage verdient hat. Immerhin ist sie mehr oder weniger gleich auf mich losgegangen, nur weil ich Sebastians Kollegin bin. Diese Stutenbissigkeit ohne jeglichen Grund geht mir gewaltig auf die Nerven. Frauen sollten doch eigentlich zusammenhalten und sich nicht gegenseitig angreifen.

Selbst wenn Sebastian mit mir ein Verhältnis hätte, obwohl er fest mit ihr zusammen wäre, dann müsste sie doch auf ihn sauer sein, und nicht auf mich. Jetzt mal natürlich rein theoretisch, denn wenn eins niemals geschehen wird, dann dass ich mit Sebastian etwas anfange.

Es kostet schon genug Nerven mit ihm zu arbeiten und ihn regelmäßig im Haus meiner Eltern zu dulden. Ihn auch noch in mein Bett zu lassen, steht definitiv nicht zur Diskussion.

„Na dann bin ich ja mal gespannt, wie du es schaffen willst, mir Regina vom Hals zu schaffen. Alles was ich bisher probiert habe, blieb nämlich ohne Erfolg."

„Was hast du denn schon alles versucht?“

„Neben den klaren Worten, dass ich die Beziehung, was in meinen Augen noch gar keine Beziehung war, beenden möchte, habe ich ihr die kalte Schulter gezeigt, nicht auf ihre Anrufe reagiert, Zärtlichkeiten abgewehrt und ihr Essen ausgeschlagen.“

„Wow“, rufe ich beeindruckt. „Du hast Essen ausgeschlagen?“

Das kann ich ja kaum glauben. Ich habe noch nie erlebt, dass Sebastian etwas Essbares nicht angenommen hätte. Egal von wem und wie es geschmeckt hat. Sobald es als Nahrung durchgeht, steckt er es normalerweise in seinen Mund.

„Okay, dann brauchst du wirklich meine Hilfe.“

18. Kapitel

21. Oktober, vormittags halb elf in Passau

„Die Verdächtige ist jetzt im Verhörraum“, informiert uns eine Kollegin, als sie den Kopf zur Tür hereinsteckt.

„Okay, danke! Wir kommen gleich“, entgegnet Sebastian.

Er nimmt das Tablet und ruft den Bericht der Forensik auf. Anschließend machen wir uns auf den Weg zu Frau Seyer, um ihr die Beweise vor die Nase zu knallen.

„Also Frau Seyer, Sie haben sich ja wirklich einiges einfallen lassen, um ihre Tat zu verschleiern. Das falsche Alibi, die Erklärung für Ihre DNA unter Lisas Fingernägeln. Ich bin ja gespannt wie sie sich hier rausreden.“

Sebastian legt das Tablet auf den Tisch, auf dem das Bild der schwarzen Wildleder Schuhe erscheint.

„Diese haben wir in einem Schuhkarton versteckt in Ihrem Schrank gefunden und jetzt raten Sie mal, was wir daran gefunden haben?“, fragt er sie herausfordernd.

Frau Seyer wirkt eingeschüchtert und ihre Angriffslust, mit der sie uns bisher begegnet ist, scheint verflogen. Offensichtlich wird ihr langsam klar, dass sie überführt wurde und leugnen zwecklos ist. Keine Ausrede der Welt könnte sie hier noch retten.

„Keine Ahnung“, entgegnet sie beinahe verzweifelt. „Ich habe diese Schuhe noch nie getragen.“

„Jetzt hören Sie schon auf. Wir haben diese Schuhe bei Ihnen gefunden und daran befinden sich eindeutig Spuren der Erde, die mit der des Tatorts übereinstimmen“, entgegne ich genervt.

Ich habe ihre Spiele langsam wirklich satt. Sie hat uns lange genug an der Nase herumgeführt.

„Ich schwöre Ihnen, dass ich es nicht gewesen bin. Ja, ich habe mich mit Lisa gestritten, weil sie den neuen Kundendeal unserem Chef gegenüber als ihren verkauft hat. Aber dafür würde ich sie doch niemals umbringen. Ich bin doch keine Mörderin. Außerdem wusste ich gar nicht wo sie an diesem Abend war.“

„Natürlich, weil Sie ja mit Ihrem Freund auf dem Sofa gesessen haben“, erwidert Sebastian sarkastisch.

„Ich gebe zu, dass ich in diesem Punkt gelogen habe. Den Abend habe ich zwar auf dem Sofa verbracht, aber nicht mit meinem Freund, sondern alleine.“

„Also haben Sie kein Alibi für die Tatzeit?“, frage ich neugierig.

„Nein, habe ich nicht. Aber ich war es nicht!“, beteuert sie weiterhin.

Sie ist eine wirklich gute Schauspielerin, das muss man ihr lassen. Dennoch bin ich überrascht, dass sie das falsche Alibi so schnell zugegeben hat. Immerhin verstärkt das den Verdacht auf sie nur noch mehr.

„Und warum hat Ihr Freund dann behauptet, mit Ihnen zusammen gewesen zu sein?“, hake ich nach.

„Weil er mir einen Gefallen getan hat“, gibt sie schließlich zu. „Als Sie bei mir aufgetaucht sind, hatte ich Angst, dass sie mich aufgrund des Streits mit Lisa verdächtigen könnten. Mein Freund meinte es wäre besser, wenn er mir ein Alibi gibt.“

„Sie behaupten die Schuhe nie getragen zu haben. Warum nicht?“

Ich meine, es ist völlig untypisch für eine Frau Schuhe im Schrank zu haben, die man nicht anzieht.

„Schöne Schuhe in meiner Größe zu bekommen ist nicht so leicht. Daher suche ich oft online nach solchen und wenn ich das Glück habe und welche finde, dann kaufe ich sie. Dieses Paar war zudem noch stark reduziert. Doch als ich sie zu Hause anprobierte, stellte ich fest, dass sie mir zu groß waren. Das Porto zum Zurücksenden war ziemlich hoch, daher beschloss ich die Schuhe zu behalten und mir bei Gelegenheit Einlagen zu kaufen, was ich bisher aber noch nicht getan habe.“

Ihr Erklärung scheint schlüssig, könnte aber auch genauso gut eine weitere Ausrede sein. Falls dem so ist, ist diese Frau verdammt gut im Ausreden erfinden. Entweder das oder sie sagt tatsächlich die

Wahrheit, was ich allerdings nicht glaube. Sie spielt ein Spiel und versucht uns als Spielfiguren nach ihren Wünschen zu bewegen.

„Sie glauben doch nicht wirklich, dass wir Ihnen diese Geschichte abkaufen?“, fragt Sebastian mit hochgezogener Braue.

„Ich schwöre Ihnen, dass ich die Wahrheit sage“, beteuert sie.

„Ja, genauso wie sie bei Ihrem Alibi ehrlich waren“, erwidert er misstrauisch.

„Das war ein Fehler. Mittlerweile ist mir das auch klar.“

„Frau Seyer, wenn Sie kooperieren und uns erzählen wie genau der Abend abgelaufen ist, dann wird sich das positiv auf Ihre Strafe auswirken“, sage ich und sehe sie dabei durchdringend an.

„Ich habe Ihnen doch schon gesagt, dass ich es nicht war. Daher habe ich auch keine Ahnung, wie Lisa gestorben ist. Bitte glauben Sie mir doch!“

Flehend sieht sie mich an und wenn ich nicht wüsste, dass es keinen Zweifel an ihrer Schuld gibt, würde ich ihr glatt glauben. Sie wirkt ehrlich und sehr verzweifelt. Vielleicht glaubt sie es ja selbst, weil sie die Erinnerung an ihre Tat verdrängt.

Noch eine Weile reden wir auf die Frau ein und versuchen ein Geständnis aus ihr herauszubekommen. Es wundert mich, dass sie nicht auf einen Anwalt besteht. Beinahe kommt es mir so vor, als wäre sie mit der Situation völlig überfordert.

Dennoch lenkt sie nicht ein. Sie gibt den Mord nicht zu und langsam lässt unsere Geduld nach. Sebastian sieht mich an und schüttelt kaum merklich den Kopf.

„Okay, wenn Sie nicht wollen, dann gehen Sie zurück in die Zelle. Schlafen Sie eine Nacht darüber, vielleicht sind Sie ja morgen bereit uns die Wahrheit zu sagen."

Sie lässt ihren Kopf sinken und scheint zu resignieren. Warum kämpft sie so gegen die Wahrheit an, wenn doch die Beweise absolut gegen sie sprechen?

Als wir den Verhörraum verlassen, höre ich sie leise schluchzen. Diese Frau ist eine hervorragende Schauspielerin. Beinahe bin ich beeindruckt.

„Sie ist verdammt hartnäckig", brummt Sebastian auf dem Weg ins Büro.

„Ja, ungewöhnlich hartnäckig sogar, obwohl die Beweislast erdrückend ist."

In mir keimt das Gefühl, dass vielleicht doch etwas an ihrer Unschuldsbeteuerung dran ist, auch wenn alles gegen sie spricht. Dabei war ich es, die von Anfang an diese Frau in Verdacht hatte. Aber etwas an ihrem Verhalten lässt mich zweifeln.

„Was, wenn sie es wirklich nicht war?", frage ich, als wir im Büro ankommen und uns am Schreibtisch gegenübersitzen.

Seine Augenbrauen schnellen in die Stirn und er mustert mich fragend.

„Es waren ihre Schuhe, die Abdrücke passen genau zu denen, die wir am Tatort gefunden habe und sie hat zugegeben, dass ihr Alibi falsch war. Es gibt keinen Zweifel an ihrer Schuld."

Sebastian lehnt sich zurück und verschränkt die Arme vor der Brust, während er mich eindringlich ansieht.

„Ich weiß, aber wenn jemand so vehement seine Unschuld beteuert ist er vielleicht auch unschuldig."

„Ja, oder einfach nur verdammt durchtrieben."

19. Kapitel

22. Oktober, vormittags halb neun in Passau

Ich konnte die ganze Nacht nicht schlafen, weil mir Frau Seyers Worte nicht aus dem Kopf gehen. Auch wenn ich ungelöste Fälle verabscheue, widerstrebt mir der Gedanke einen Unschuldigen hinter Gitter zu bringen noch viel mehr.

„Sie möchte nochmal mit uns reden“, eröffnet mir Sebastian nach der morgendlichen Begrüßung. „Vielleicht ist sie ja endlich geständig.“

Als wir den Verhörraum betreten, sieht Frau Seyer auf. Ihre Augen sind blutunterlaufen und sie wirkt völlig übermüdet. Sieht aus als hätte sie die ganze vergangene Nacht kein Auge zugetan.

„Ich habe nochmal nachgedacht und da ich es auf alle Fälle nicht war und diese Schuhe nicht getragen habe, bleibt nur noch mein Freund. Er war der einzige der ebenfalls Zugriff darauf hatte, da er einen Schlüssel von meiner Wohnung hat.“

Ich wechsle mit Sebastian einen misstrauischen Blick. Sie will uns jetzt nicht wirklich weißmachen, dass ihr Freund in Damenschuhen einen Mord begangen hat oder?

„Würden ihm denn die Schuhe passen?“, frage ich dennoch.

„Ja, ich weiß, dass sie ihm passen“, stimmt sie augenblicklich zu.

Sebastian wirft mir einen *du kaufst ihr den Scheiß doch nicht ab*-Blick zu, während ich kaum merklich mit der Schulter zucke.

„Das können wir ja leicht nachprüfen. Wenn er wirklich der Täter war, müssten ja seine DNA-Spuren in den Schuhen zu finden sein“, schlage ich schließlich vor.

„Die sind auf jeden Fall zu finden, das würde nichts beweisen“, entgegnet sie und senkt beschämt den Blick.

„Was? Warum das denn?“, hakt nun Sebastian neugierig nach.

„Na ja mein Freund hatte die Schuhe des Öfteren an“, gesteht sie zögerlich. „Genau genommen sind es sogar seine.“

Während Sebastian und ich sie verdutzt anstarren, hebt sie ihren Blick und beißt sich auf die Unterlippe. Ihre Wangen färben sich rötlich und man kann ihr deutlich ansehen, wie unangenehm ihr die Situation ist.

„Er steht darauf Frauenklamotten zu tragen und arbeitet auch als Travestiekünstler.“

Okay, jetzt bin ich wirklich sprachlos. Dabei bin ich offensichtlich nicht die einzige, denn auch Sebastian hat es die Sprache verschlagen. Auch er starrt sie an, als ob er einen Geist gesehen hätte.

„An diesem Abend hatte er einen Auftritt in einer Bar und da es dabei immer sehr spät wird, fährt er anschließend in seine Wohnung und nicht zu mir. So war es auch an jenem Abend. Da er jedoch so verkleidet nicht erkannt wird, hat er gesagt es wäre kein Problem mir ein Alibi zu geben."

Die ganze Geschichte wird immer verworrener und langsam glaube ich fast, dass diese Frau die Wahrheit sagt. Sowas kann man sich doch unmöglich ausdenken!

„Hätte Ihr Freund denn einen Grund Frau Kramer zu töten?", fragt Sebastian, als er schließlich seine Stimme wiederfindet.

„Na ja, ich habe ihm erzählt, dass sie mich beschissen hat und er war ganz schön wütend auf sie. Er hat gesagt, dass man sowas unter Arbeitskollegen einfach nicht macht und dass sie eine Abreibung verdient hätte. Allerdings hätte ich natürlich niemals damit gerechnet, dass er zu so einer Tat fähig wäre."

Eine Träne löst sich aus ihrem rechten Augenwinkel und kullert ihr über die Wange. Schnell wischt sie diese mit dem Handrücken beiseite.

„Okay, wir werden ihn mit Ihrer Aussage konfrontieren. Mal sehen was er dazu zu sagen hat."

„Glaubst du ihr denn?", fragt Sebastian, als wir den Verhörraum verlassen.

„Die Geschichte ist doch so irre, dass sie fast nicht erfunden sein kann", entgegne ich ihm.

„Das ist auch wieder wahr."

Zwei Stunden später sitzt der Mann vor uns und starrt auf seine gefalteten Hände. Wir haben ihn über Frau Seyers Aussage aufgeklärt und er hat quasi nicht darauf reagiert. Mit starrem Blick und eiserner Miene hat er all die Informationen aufgenommen und sich nicht dazu geäußert.

„Ich sage nichts ohne meinen Anwalt“, sagt er schließlich nach einer Weile des Schweigens.

Das ist der Moment, wo ich anfange Frau Seyers unglaubliche Geschichte zu glauben. Ein Unschuldiger würde sich zu den Vorwürfen äußern oder sie zumindest abstreiten, bevor er auf einen Anwalt bestehen würde.

Wir brechen die Befragung ab, denn aus diesem Kerl bekommen wir keinen Ton heraus. Wir müssen warten, bis sein Anwalt da ist. Dann können wir mit der Befragung weitermachen. Bis dahin sind uns wohl die Hände gebunden.

„Also wenn die Geschichte wahr ist, dann ist es definitiv der ungewöhnlichste Fall, den wir je gelöst haben“, sagt Sebastian, als wir zurück im Büro sind.

„Ja, aber der Kerl wird wohl kaum zugeben, dass er Lisa Kramer in die Odelgrube gestoßen hat. Und es ihm zu beweisen wird schwierig werden, wenn die Schuhe ihm eigentlich nicht gehören. Außerdem weiß Frau Seyer nicht in welcher Bar ihr Freund an diesem Abend aufgetreten ist, womit wir auch keine Ahnung haben, wie wir ihm nachweisen sollen, dass er die besagten Schuhe an dem Tag getragen hat."

Ich massiere mir nachdenklich die Stirn. Die Vorstellung, dass der Kerl womöglich mit der Sache davonkommt, macht mich wahnsinnig. Es ist mir wirklich ein Vergnügen einen überführten Täter wegzusperren, aber keine Unschuldigen. Wenn Frau Seyer allerdings nicht gelogen hat, dann könnte genau das passieren.

Ein guter Anwalt würde sie natürlich rausboxen, denn ins Gefängnis geht der Täter nur, wenn die Schuld eindeutig bewiesen ist. Allein die Tatsache, dass ihr Freund diese Schuhe auch immer wieder getragen hat, würden dies in Frage stellen.

Seufzend lehne ich mich zurück. Jetzt waren wir schon so guter Dinge, dass der Fall abgeschlossen ist und nun stehen wir wieder fast am Anfang.

Plötzlich richtet Sebastian sich in seinem Schreibtischstuhl auf und sieht mich mit gerunzelter Stirn an. Er deutet mit dem Zeigefinger auf mich und kneift seine Augen zusammen.

„Woher wusste der Kerl, wo Lisa Kramer sich aufhält?"

„Keine Ahnung, vielleicht ist er ihr gefolgt", entgegne ich schulterzuckend.

„In High Heels?", fragt er misstrauisch. „Er hätte sie doch nicht in seinem Kostüm verfolgt oder?"

Sebastians Andeutung ist nicht ohne. Er hat recht. Dieser Mann hätte Lisa doch nicht in

Frauenklamotten beschattet. Plötzlich kommt mir eine Idee.

„Vielleicht war Lisa ja bei dem Auftritt dabei", rufe ich.

Sebastian nickt nachdenklich und die Falten auf seiner Stirn vertiefen sich. Sofort suche ich die Telefonnummer von Lisas Freundin heraus, die mit ihr an dem Abend unterwegs war. Als ich sie gefunden habe, wähle ich ihre Nummer. Es läutet nur zweimal, dann nimmt sie das Gespräch an.

„Waren Sie mit Lisa Kramer in einer Bar, in der ein Travestiekünstler aufgetreten ist?", frage ich sie nach unserer Begrüßung.

„Ja, das stimmt. Wir wussten nichts davon, dass an diesem Abend so eine Show vorgesehen war. Doch es war wirklich sehr unterhaltsam", antwortet sie.

„Können Sie diese Künstlerin genau beschreiben?", frage ich ungeduldig.

Womöglich hat Frau Seyer tatsächlich die Wahrheit gesagt und sitzt völlig unschuldig in der Zelle, während sich ihr Freund in Schweigen hüllt. Sollte es sich wirklich so abgespielt haben, dann würde der Kerl seine Freundin ohne Skrupel in den Bau wandern lassen, während er weiterhin auf freiem Fuß wäre.

„Ich habe sogar ein paar Fotos gemacht. Immerhin sieht man das nicht alle Tage", antwortet sie.

„Können Sie mir die bitte schicken? Wir müssten wissen, welche Schuhe er getragen hat."

Sollten auf diesem Bild die Wildleder Schuhe abgebildet sein, dann wäre dies Beweis genug.

„Klar, aber ich bin nicht sicher, ob die Schuhe auf den Fotos zu sehen sind“, gesteht sie. „Ich schicke ihnen aber alle, die ich an diesem Abend gemacht habe.“

Hoffnungsvoll sieht Sebastian mich an, als ich das Gespräch beendet habe.

„Jetzt heißt es Daumen drücken“, murmle ich, während ich angespannt auf den Eingang der Fotos warte.

20. Kapitel

22. Oktober, nachmittags halb zwei in Passau

„Jetzt erklären Sie uns doch bitte mal, wie Sie zu Hause auf dem Sofa gesessen haben können, wenn Sie doch einen Auftritt hatten!“, fordere ich den Kerl auf, während ich ihm eins der Bilder auf den Tisch knalle.

„Wir können anhand der Gesichtszüge nachweisen, dass Sie hinter dieser Kostümierung stecken. Leugnen ist also zwecklos.“

Seine Anwältin ist mittlerweile auch anwesend und wirft einen überraschten Blick auf das Foto. Sie sieht zwischen dem Bild und dem Verdächtigen hin und her, während der Kerl die Augen genervt verdreht.

„Ich müsste mich bitte nochmal kurz mit meinem Mandanten besprechen“, sagt die Anwältin schließlich.

„Okay, wir gehen kurz vor die Tür. Geben Sie Bescheid, wenn Ihr Mandant zu einem Geständnis bereit ist!“

Die Anwältin reagiert nicht auf Sebastians Worte, sondern wendet sich einfach unserem Verdächtigen zu. Wir verlassen den Raum und sehen uns triumphierend an.

„Da war der Gute etwas sprachlos“, freut sich Sebastian.

„Abwarten, wer weiß welche Ausrede ihm oder seiner Anwältin noch einfällt.“

Etwa eine halbe Stunde später werden wir wieder in den Verhörraum gebeten. Die Miene des Verdächtigen spricht Bände. Offensichtlich hat seine Anwältin ihm erklärt, wie tief er in der Scheiße steckt. Zumindest hoffe ich das, denn auf eine weitere Hetzjagd nach Beweisen habe ich keinen Bock.

„Mein Mandant möchte ein Geständnis ablegen“, eröffnet die Anwältin.

Seufzend stößt der Kerl den Atem aus und wirft ihr einen Seitenblick zu. Sie nickt ihm auffordernd zu, woraufhin er seine Schultern strafft.

„Okay, Chiara hat mir von Lisas Hinterlist erzählt. Sie war am Boden zerstört, weil diese Frau für Chiaras Arbeit die Lorbeeren eingeheimst hat. Allerdings konnte sie dies nicht beweisen. Ich liebe Chiara. Glauben Sie mir, es gibt nicht viele Frauen die es dulden, dass ihr Mann in Frauenklamotten auf die Bühne geht.“

Er setzt kurz ab und streicht sich mit den Fingern über das kantige Kinn.

„Als ich Lisa dann in der Bar feiern sah, während ich meinen Auftritt hatte, beschloss ich sie zur Rede zu stellen. Leider verließ sie mit ihrer Freundin gleich nach meiner Show die Bar, woraufhin ich ihr gefolgt bin. Dabei hatte ich keine Zeit mehr mich umzuziehen. Ich fuhr ihnen hinterher und als Lisa aus dem Wagen ausgestiegen ist und ihre Freundin wegfuhr, parkte ich mein Auto und ging Lisa hinterher."

Er stockt erneut und sieht auf den Tisch, während er angespannt den Atem ausstößt.

„Und da haben Sie Lisa einfach in die Odelgrube gestoßen?", frage ich ungläubig.

„Nein, so war das nicht", entgegnet er und sieht erschrocken auf. „Ich habe sie zur Rede gestellt und sie gebeten die Sache bei ihrem Chef klarzustellen und zuzugeben, dass der Erfolg Chiaras Arbeit zu verdanken war. Doch sie weigerte sich vehement und beschimpfte mich als abartige Schwuchtel. Da habe ich rot gesehen und sie gestoßen. Als ich in die Grube gesehen habe, war sie noch am Leben und beschimpfte mich weiter. Sie konnte definitiv schwimmen. Daraufhin bin ich einfach gegangen. Ich habe nicht damit gerechnet, dass sie ersticken würde, sondern dachte jemand würde sie hören und befreien", gesteht er schließlich.

„Mein Mandant wollte Lisa Kramer nicht töten. Es war ein Unfall und kein Mord", sagt die Anwältin.

„Das muss ein Gericht klären", entgegnet Sebastian.

Nachdem wir die Aussage aufgenommen haben und der Täter in Untersuchungshaft genommen wurde, verabschiedet sich die Anwältin.

„Ich würde sagen, das war ein erfolgreicher Tag. Frau Seyer ist wieder auf freiem Fuß und der wahre Täter sitzt hinter Gitter. Wir haben uns eine Belohnung verdient. Ich lade dich auf einen Drink ein."

„Da sag ich nicht nein", entgegne ich und ziehe meine Jacke über.

Gutgelaunt verlassen wir das Büro, als Sebastians Handy klingelt. Er wirft einen Blick auf das Display und verdreht die Augen.

„Sie gibt einfach nicht auf", murmelt er genervt.

„Regina?", frage ich.

„Ja, sie fragt wann ich Feierabend habe."

„Dann schreib ihr, dass wir beide jetzt noch was Trinken gehen. Vielleicht reicht das ja schon, um sie in die Flucht zu schlagen."

Er lacht freudlos auf.

„Ich glaube vielmehr, das reicht, um sie zur Furie mutieren zu lassen. Sie ist extrem eifersüchtig. Vor allem auf dich."

„Dabei gibt es bei uns beiden ja wirklich gar keinen Grund."

Er sieht mich mit einem komisch amüsierten Ausdruck in den Augen an. Vermutlich macht diese Regina ihm wirklich zu schaffen. Ansonsten würde er jetzt einen spitzen Spruch raushauen.

„Wir beenden das jetzt. Sag ihr wohin wir gehen und falls sie dort auftaucht, machen wir ihr gemeinsam klar, dass sie dich endlich in Ruhe lassen soll. Das kann ich einfach nicht länger mitansehen.“

Er zögert kurz, doch dann kommt er meiner Aufforderung nach.

„Auf deine Verantwortung“, sagt er mit hochgezogener Braue.

Offensichtlich ist er von meinem Plan noch nicht so recht überzeugt.

„Was hast du ihr denn jetzt geschrieben?“, frage ich neugierig.

„Das was du gesagt hast. Wohin ich mit dir noch was Trinken gehe. Ich bin mir ziemlich sicher, dass sie dort auftauchen wird.“

„Genau das ist ja der Plan.“

Als wir im Lokal am Tresen sitzen und ich an meinem Milchkaffee nippe, weiten sich plötzlich Sebastians Augen.

„Oh Scheiße, sie ist schon da.“

Ich wende meinen Kopf um und da kommt sie mit wutentbrannter Miene auf uns zu. Man sieht ihr deutlich an, dass ihr dieses Treffen absolut nicht gefällt. Dabei sitzen Sebastian und ich einfach nur nebeneinander auf den Barhockern und genießen ein Getränk.

Offensichtlich ist das in Reginas Augen schon zu viel und grenzt bereits an einen Seitensprung. Dabei hat Sebastian längst mit ihr Schluss gemacht, sie will es nur nicht einsehen.

„Was soll das hier?“, ruft sie schon von weitem.

So wie es aussieht legt sie keinen Wert auf Diskretion und ihr ist völlig egal, dass sie die Aufmerksamkeit der anwesenden Gäste auf sich zieht.

„Regina, ich habe dir doch schon ein paarmal versucht klarzumachen, dass es vorbei ist. Ich möchte nicht länger mit dir zusammen sein“, antwortet Sebastian. „Genau genommen waren wir nie zusammen.“

„Wir sind heute Abend bei meinen Eltern zum Essen eingeladen. Also würdest du dich jetzt bitte verabschieden und mitkommen?“, fragt sie unbeeindruckt.

Sebastian hatte recht. Diese Frau ist vollkommen irre. Sie ignoriert Sebastians Worte völlig und tut so, als hätte sie die Beendigung der Beziehung einfach nicht gehört.

„Was habe ich gesagt?“, fragt Sebastian seufzend. „Sie will es einfach nicht verstehen.“

„Dann müssen wir es ihr wohl zeigen“, murmle ich.

Ich beuge mich vor, lege meine Hand in Sebastians Nacken und küsse ihn. Das muss doch wohl Beweis genug für Regina sein, dass ihre Bemühungen diese Beziehung aufrecht zu erhalten völlig umsonst sind.

Was tut man nicht alles, um einem Arbeitskollegen aus der Patsche zu helfen.

ENDE

Impressum

Elisa Lark
c/o Werneburg Internet Marketing und Publikations-Service
Philipp-Kühner-Straße 2
99817 Eisenach

E-Mail: elisa-lark@freenet.de

Vielen Dank,

für den ehrlichen Erwerb meines Buches. Ich hoffe du hattest Spaß mit dem siebten Fall der Huberin.

Falls dir die Geschichte gefallen hat und du dir die Zeit nehmen würdest eine Rezension zu schreiben, würde ich mich sehr freuen.

Deine Elisa Lark

Glossar

Watschn:	Ohrfeige
Zug´reister:	Dorfbewohner, der ursprünglich aus einer anderen Stadt kommt und nicht im Dorf aufgewachsen ist.
Grantler/in:	schlecht gelaunter Mann/Frau
Bulldog:	Traktor
Geh´ ma!:	Aufforderung gemeinsam zu gehen. (Wörtlich übersetzt: Lass uns gehen!)
fesch:	hübsch
Madl:	Mädchen/junge Frau

g´schleckert:	anspruchsvoll, nichts ist gut genug
Goaßmaß:	Mischung aus dunklem Bier, Cola und Kirschlikör. Alles zusammen in einem Maßkrug serviert.
ansitzen:	Bezeichnung für das Warten auf dem Hochsitz, bis das Wild erscheint.
Bratzen:	abwertendes Wort für Hände/Finger
Auszog´ne:	Ausgezogene Krapfen/Küchle. Ein Hefeteig, wahlweise mit Rosinen, der in kleine Rundlinge geformt und anschließend so mit den Händen gezogen wird, dass in der Mitte der Teig nur

	noch sehr dünn und der Rand dicker ist. Anschließend werden die Teiglinge im Fett ausgebacken.
Bua:	junger Bursche/Junge
Reindl:	Auflaufform meist für deftige Braten oder Rohrnudeln
Dodara:	Tattergreis
Schratzn:	Begriff für unliebsame Kinder
Mistbritschn:	Begriff für hinterlistige, bösartige Frau
Schnitzer:	grobe Fehler
Gickerl:	Hühnchen
Tratsch:	Gerede

schiach:	hässlich
Schafkopf, Watten:	Kartenspiele
Schwammerlsuppe:	Pilzsuppe
lagg:	abgestanden
Kanapee:	Sofa, Couch
Ausschinden:	arbeiten bis zur Erschöpfung
Kanapee:	Sofa, Couch
Bissgurke:	anstrengende, nervige Frau

Wenn ihr wissen wollt, wie es der Huberin in Zukunft in Oberhunding ergeht und ob es weitere Mordfälle in dem beschaulichen Ort geben wird, dann haltet die Augen nach ihrem nächsten Fall offen. Infos und Neuigkeiten gibt's auf meiner Facebook-Seite.

Das Böse schläft nie …

In diesem Sinne, bis zum nächsten Mal!

Printed in Poland
by Amazon Fulfillment
Poland Sp. z o.o., Wrocław

39843845R00079